# L'AIR ET LA MANIÈRE

Grégory AZERAD

# L'AIR ET LA MANIÈRE

*« Toi qui as voulu t'emprisonner*
*As-tu le droit de condamner*
*Celui qui cherche à s'évader ? »*

*Michel... Delpech*
*wight is wight- 1969*

Tout commença par un bip. Strident, désagréable, et annonciateur de mauvaises nouvelles.

Il déclencha d'abord une mécanique bien huilée, faite de blouses blanches qui s'activent, d'ordres qui se suivent, et même de cris pour motiver les troupes.
Tout commença dans une chambre d'hôpital, sous les yeux ébahis d'une petite fille qui serrait fort la main de sa mère.
Beaucoup de cris, de mouvements, de larmes, puis le silence.
Le regard peiné d'un médecin qui annonce le pire.
Une évidence qui se fait jour.

Une vie changée à jamais.

# CHAPITRE 1

Il n'était pas content de lui. Évidemment, il n'aurait pas pu y faire grand-chose. L'accident de cet homme en scooter ne lui avait laissé aucune chance. Mais le regard de la petite fille lui avait fait mal. Comme si elle aussi avait compris le gâchis que la vie s'amusait si souvent à rappeler au commun des mortels.

Lui avait l'habitude. Il l'avait compris assez rapidement quand il était devenu alors simple interne dans un hôpital de banlieue. Il avait compris que la vie était moche, qu'elle ne laissait aucune chance aux faibles, et il avait alors décidé de faire partie des forts. Au risque de paraître sans cœur, parfois. On lui avait souvent reproché de n'avoir pas de cœur, d'ailleurs. Mais il n'avait pas eu le choix. Comment faire autrement pour gravir les échelons dans un hôpital ? Comment faire pour vivre sans passer sa vie dans les doutes et les regrets ?

Au départ, bien sûr, il n'avait pas entrepris des études de médecine par ambition. Il l'avait fait par conviction, mais la médiocrité des gens qui l'entouraient lui avait montré l'opportunité. L'opportunité de mieux réussir, de mieux gravir. De mieux écraser, même. Aux dépens, c'est sûr, de son humanité. De sa capacité à vivre la douleur des autres. Des patients avant tout, mais des accompagnants aussi. De temps en temps, il se souvenait de la claque qu'il avait reçue d'une mère à qui il venait d'annoncer le décès de son fils. Il n'avait que huit ans. Lui sortait d'une garde qui n'avait que trop duré, et il lui avait annoncé un peu trop rapidement que sa vie de mère était finie, que sa vie d'avant l'était aussi, sans espoir de revenir en arrière.

« Madame, je suis désolé, nous n'avons rien pu faire », lui avait-il dit en regardant sa montre. Il pensait déjà à la route qu'il lui restait pour rentrer. Au petit détour qu'il ferait sûrement pour passer par la rue de Miromesnil. À ce petit italien à l'angle et ses plats à emporter absolument délicieux. Il pensait même au vin qu'il irait chercher dans sa cave pour accompagner ses *fettucine* au roquefort. Seule la gifle l'avait sorti de ses pensées. Le souffle chaud sur sa joue bien sûr, mais aussi l'humiliation publique qu'il avait alors ressentie. Ça lui avait servi de leçon. Prendre le temps de faire semblant. D'avoir de l'empathie. Et puis cacher un peu plus loin ses pensées. Mettre un masque que personne ne puisse soupçonner. Il était devenu bon à ce jeu-là. Très bon. Trop bon. Il avait peu à peu perdu tous ses vrais amis. Oh ! il n'était pas seul pour autant. La réussite, l'argent, le prestige étaient des aimants puissants pour une foule de profiteurs et d'admirateurs de supermarché.

Il n'était pas content de lui, mais pas seulement. Le regard de cette petite fille brune et mignonne comme un cœur lui avait donné un sale goût dans la bouche. Il s'était approché de la mère et avait prononcé les mots tant de fois répétés. Tant de fois qu'il ne les comptait plus. Il se souvenait parfois, nostalgique, de l'époque où ça lui faisait encore quelque chose. Les larmes de peine et de rage qu'il allait cacher dans les toilettes pour ne pas paraître ridicule. Il ne ressentait plus cela depuis bien longtemps. Il ne s'agissait plus de sauver des gens, mais de vaincre la mort, et la différence était notable. Ses patients n'étaient plus des gens, mais des cas. Pour certains intéressants – comprenez désespérés – pour d'autres plus simples – comprenez ennuyeux.

Le cas de ce soir faisait partie de la première catégorie. Un accidenté de la vie, avec un prénom ridicule, qui était resté dans le coma vingt-huit heures avant de partir. On avait eu du mal à trouver sa famille, et quand sa petite amie et sa fille étaient arrivées, il était parti en paix. Partir en paix. Ridicule comme expression... Partir pour où ? Mais il n'avait pas trouvé mieux.

Il avait suivi l'évolution en se promettant de sauver cet homme. Il avait perdu le pari. Ce n'était pas la première fois, mais aujourd'hui, il subsistait bizarrement un goût amer.

Alors qu'il se lavait les mains, essayant de repousser au loin l'image de cette jolie maman et de cette petite fille, il prit la décision de ne pas rentrer directement.

Son téléphone était plein de numéros de jolies jeunes filles qui ne demandaient pas mieux que de passer une soirée, voire plus si affinités, au bras du docteur Nathan Guérin. Il avait du succès, il le savait. Il en jouait même, mais n'était jamais parvenu à trouver une femme qui ne l'ennuyait pas assez rapidement.

Les mains propres et sèches, il fit dérouler la liste de ses contacts sans but réel. Sorte de roulette russe de la baise, comme il le disait lorsque l'alcool et la fatigue le désinhibaient. Mais ce soir-là, aucun prénom ne se détacha.

Il n'avait pas toujours eu le choix. Longtemps, il avait été un romantique, un idéaliste. Et puis comme dans son métier, un jour, il avait compris qu'en amour il fallait un dominant et un dominé. Un amoureux et un aimé. Et là encore, il avait choisi son camp.

Bien sûr, parfois, alors qu'il était seul chez lui, il détestait sa vie. Mais assez rapidement, il reprenait pied. Personne dans son entourage n'avait une vie qui le faisait rêver, alors que beaucoup l'enviaient. Sûrement parce qu'il avait eu raison de faire ces choix, n'est-ce pas ?

Il enfila sa montre hors de prix, son blouson de cuir, et se dirigea vers la sortie. Le tout sans un regard pour les infirmières qui partageaient son quotidien, et sans qui, tout au fond, il le savait bien, il ne serait rien.

Arrivé dehors, il se dirigea vers son bébé. Sa fierté. Sa Mustang 1965, dans son jus. Il avait économisé ses premiers salaires de médecin pour se payer ce petit bijou. Elle n'offrait ni climatisation, ni navigation par GPS, ni aucun gadget qui équipait désormais toutes les nouvelles voitures. Mais elle avait cette option unique et absente de tous les autres véhicules : une âme.

Nathan se souvenait avec nostalgie du jour où il était entré chez son précédent propriétaire pour la première fois. Il avait vu l'annonce sur un site spécialisé et avait été surpris du tarif abordable pour une telle voiture de collection. À l'époque encore étudiant, le prix de cette œuvre d'art était bien sûr bien trop haut pour ses possibilités, mais par curiosité, il était allé voir. Il s'était approché d'un air un peu timide de la voiture, sous l'œil amusé du vendeur. Un homme d'une dizaine d'années son aîné, Michel. Ce dernier s'était approché de Nathan pour lui présenter les aspects techniques de la voiture, mais avait rapidement compris que c'était inutile.

Il avait aussi compris qu'il ne vendrait pas ce jour-là sa première voiture de collection. Cette Mustang n'était pas dévolue à n'importe qui. Il ne s'agissait pas d'argent, mais de mérite. Un peu comme une ex avec qui on ne veut plus vivre, mais qu'on observe de loin pour vérifier qu'elle fait les bons choix. Michel, faisant semblant d'être de mauvaise humeur, avait accepté de recevoir un acompte minime qui bloquerait, le temps qu'il faudrait, la vente. Cette voiture, il le savait, serait entre de bonnes mains avec Nathan. Ce qu'il n'avait pas prévu, c'est le temps que ça prendrait, ni même les visites que ferait tous les jours le jeune homme pour voir sa future voiture. Dimanche compris, évidemment.

L'amour des belles voitures en général, et de celle-ci en particulier, les avait rapprochés, puis ils étaient devenus des amis inséparables.

Tout en s'approchant de son véhicule, et alors qu'il sortait sa clef, Nathan eut envie d'appeler son ami.

— Je parlais justement de toi à ma charmante amie !

Pas besoin de se dire bonjour, directement au vif du sujet, c'est aussi un trait qu'appréciait Nathan avec Michel.

— Et tu lui disais tout le mal que tu penses de moi ?

— Bien sûr ! Et bien pire encore !

— Je voulais te proposer de dîner avec moi, mais visiblement, tu as d'autres plans...

— Attends deux minutes, chérie, j'ai une urgence pour ce soir... Oui, je dois voir mon docteur...

— Mich...

— Nathan, un instant. Oui, ma chérie. Pour me faire pardonner, que penses-tu de partir ce week-end à

Naples ? Non, Naples, on a déjà fait. La Grèce, alors ? Deal. Voilà, Nath, c'est bon pour ce soir. À quelle heure ?

— Mais Michel, pourquoi tu as annulé ta soirée ? C'était juste une idée comme ça !

— Une idée comme ça ? Pour que le docteur daigne m'appeler pour passer une soirée avec moi, c'est qu'il ne s'agit pas simplement d'une idée comme ça ! Alors, quelle heure ce soir ? Tu passes me chercher avec ma beauté ? Elle me manque... Quoi, ma chérie ? Non, ne t'inquiète pas, il s'agit d'une voiture. Mais non, je t'assure, une voiture, une Must... Attends, c'est plus simple, Nath, tu es sur haut-parleur, peux-tu me servir d'alibi et rassurer mademoiselle ?

— Tout d'abord mademoiselle, je suis navré de vous l'emprunter pour la soirée, même si j'ai cru comprendre que vous n'alliez pas y perdre au change...

Un gloussement répondit à Nathan.

— Pour ce qui est de la beauté dont parle Michel, je vous rassure, il s'agit de la Mustang que je lui ai achetée...

— Pas achetée, Nathan, coupa Michel. Je te l'ai quasiment offerte, à ce prix-là !

— Michel, ce n'est pas ce que tu m'as demandé d'expliquer à mademoiselle...

— Oui, bon, elle a compris, passe me chercher à 20 h 45.

Et Michel raccrocha, laissant Nathan avec un large sourire, comme à chaque fois qu'ils se parlaient. Michel avait cette capacité de rendre les gens heureux avec un regard ou ses mots. Une certaine vision de la vie. Une insouciance, disaient ceux qui ne le connaissaient pas vraiment. Mais ce n'était pas ça. Non, au contraire, même.

Il s'agissait d'une conscience de la fin inévitable, et de l'importance des moments. D'une volonté de tout vivre à fond, tout de suite. Certains se découvrent ainsi en sortant indemnes d'un accident, d'un attentat, en se relevant d'une maladie. Michel avait eu une révélation à la terrasse d'un café. En observant des fourmis. Organisées, minutieuses. Il avait été fasciné de les voir mettre au point un convoi pour rapatrier un morceau de croissant tombé par terre. Leur ténacité face à la difficulté, leur coordination, tout devait les conduire au succès. Et lui, alors à la tête d'une entreprise de consulting et de conseils high tech, élaborait presque un nouveau mémo afin de caler la conduite de changement et de projet sur le modèle de logistique des fourmis. Pas original, il le savait, mais cela plairait à son équipe, il n'en doutait pas. Et puis... l'impensable. À deux pas de la bouche d'égout et de la fourmilière, le serveur, sûrement désireux de garder une terrasse à la hauteur d'un certain standing, avait vidé une bouteille d'eau sur la fine équipe au croissant. Tant d'énergie, de sacrifices, pour rien.

Michel avait alors compris que la vie, c'était ça. Une suite de moments laborieux et difficiles, avec le risque à chaque instant que tout s'arrête. Et lui, le consultant qui travaillait quinze heures par jour, collé à son téléphone dernier cri, avait décidé de tout abandonner et de repenser au sens de son existence. Pas du jour au lendemain, mais presque. Il avait vendu, assez bien d'ailleurs, son entreprise, son loft en plein centre de Paris, et la Mustang qu'il s'était procurée cash, comme un doigt d'honneur au banquier lorsqu'il avait gagné son premier million d'euros. Depuis, il profitait. Et pour cela, Nathan l'enviait. Pour sûr, il était facile de profiter de la vie avec un tel compte en banque, mais Nathan aurait aimé avoir le même regard sur la vie, la même énergie. C'est aussi pour cela qu'il aimait passer du temps avec lui. Car il agissait comme une batterie. Michel était le seul à réussir à le faire éclater de rire. Pas sourire, non, vraiment rire. Rire à ne plus pouvoir respirer. Pour des bêtises souvent, des regards, des bons mots. Et c'est de cela qu'il avait besoin ce soir. D'énergie. Du sentiment que tout n'était pas vain, et que même si c'était le cas, que ça en valait la peine.

Le type de paradoxe que seul son ami était capable de lui faire ressentir. Il regarda le tableau de bord de sa Mustang. Il détailla le cheval lancé à pleine allure qui ornait le volant. Il avait vécu toute sa vie ainsi. Sans vraiment savoir où cela le mènerait. Sans se retourner. Sans même savoir le faire. Parfois, sur Instagram, il apercevait une pensée philosophique 2.0, du type : « On ne peut pas savoir où aller, sans avoir la conscience de l'endroit d'où l'on vient ». Ça le laissait pantois. Avoir la conscience de l'endroit d'où l'on vient. Quelle idiotie. La vie était ce que l'on en faisait, il le savait. Et hier, c'était hier. Passé. Dépassé, même. Plus rien à en faire. Seul le présent compte. Pour préparer demain. Cela avait été sa philosophie durant toute la durée de ses études de médecine. Il avait regardé nombre de ses camarades se laisser déborder par le travail, la faute à des fêtes trop fréquentes, à des histoires d'amours trop intenses, à des petits boulots qui prenaient trop de place, mais surtout, à un sens des priorités différent du sien. Il avait mis sa vie en pause durant toute ses études. S'était nourri exclusivement de pâtes au beurre midi et soir pendant toute cette période. Se nourrir pour avoir l'énergie nécessaire, et non pour prendre du plaisir. Se réveiller le matin avec un seul objectif. Mais il le reconnaissait, ces années avaient été longues. Ses proches lui avaient reproché de passer à côté de ses plus belles années. Puis s'étaient éloignés. Petit à petit. Il ne leur en voulait pas. Qui aurait voulu côtoyer un gars tout le temps plongé dans ses livres ? Mais le sacrifice valait le coup. Nathan l'avait su lorsqu'il avait reçu, fébrile, les résultats du concours de première année, et lorsqu'il avait vu la déception dans le regard de son colocataire. Non pas que celui-ci ait fait la fête toute l'année, non. Il avait vraiment travaillé sérieusement, mais pas assez. Il aurait mérité de passer en deuxième année, mais un cinéma par-ci, une aventure par-là, de petits écarts en petites siestes, l'année devait être redoublée. Nathan n'aurait pas eu ce luxe-là. Financièrement d'abord, mais pas seulement. L'échec n'était pas une option pour lui. Moralement s'entend. Le sentiment d'échec le mettait toujours, comme aujourd'hui, dans un état de remise en question. Il pouvait tout envoyer paître face à lui. Trop de pourquoi, trop de comment. Seule la réussite était normale pour lui. Dur à vivre, mais c'est ce qui faisait de lui un meilleur médecin, il en était sûr. Un meilleur homme également ? Ça, c'était une autre question.

Michel l'attendait à 20 h 45, il devait se dépêcher de rentrer se prendre une douche. Il tourna la clef et ressentit les vibrations du démarrage de sa Ford T5 avec plaisir. Il espérait, non sans une certaine naïveté, qu'il n'y aurait pas trop de bouchons, ce qui lui permettrait de profiter du trajet en toute quiétude.

En sortant du parking, il tourna le bouton de l'autoradio d'origine. Le vintage avait son charme, mais ses inconvénients aussi. L'un d'entre eux était que Nathan ne pouvait pas écouter ce qu'il voulait, quand il le voulait. Il avait bien, un temps, pensé à changer l'autoradio, mais l'idée même de voir le visage horrifié, voire, et c'était pire, peiné de Michel, avait tué l'idée dans l'œuf. Il en était donc réduit à passer d'une station à l'autre, au gré des goûts, de plus en plus douteux, il fallait le dire, des

programmateurs.
Ce jour-ci, il eut de la chance. *Carnevale*, de Richard Cocciante. Un peu kitch, diront certains, mais Nathan se foutait de l'avis des autres. Il avait toujours été à part, et l'avait accepté assez rapidement. Cette chanson lui correspondait bien. Joyeuse d'apparence, mais empreinte d'une mélancolie pour qui sait lire entre les lignes. Il se surprit à chanter, arrêté à un feu, et tournant la tête, vit une jolie brune qui le regardait en souriant depuis sa voiture.
Pas le genre de sourire de moquerie, ni même de drague, simplement le sourire de voir quelqu'un prendre du plaisir. Et cela, le temps d'un feu, redonna un peu de chaleur au cœur de Nathan. Il lui rendit son sourire, en continuant à chanter, un peu plus fort, un peu plus faux, forçant même un peu le trait. C'était plus fort que lui. Magie de l'instant, il vit la jeune femme bouger les lèvres au même rythme que lui. Même radio, même chanson, même plaisir. Dieu se cache dans les détails, paraît-il. Pour Nathan, il se cache surtout dans ces instants de grâce. Nul besoin de se toucher pour atteindre l'orgasme du partage. Le temps sembla un instant se figer. L'intimité de l'instant était presque totale. La sensualité de ses lèvres qui bougeaient, ses yeux mi-clos... Cette femme n'était plus seulement jolie, elle en devenait presque intimidante.

Malheureusement, comme c'est souvent le cas, c'est quand on veut qu'ils durent que les bons moments filent trop vite, et les conducteurs situés derrière Nathan se rappelèrent à son bon souvenir, klaxonnant fort afin qu'il remarque que le feu était passé au vert. Avec un haussement d'épaules, un clin d'œil et un sourire désolé, sa partenaire d'un instant démarra et s'éloigna, laissant à Nathan un goût d'inachevé. Décidément, la journée ne se passait pas comme il l'aurait souhaité.

À vive allure, il reprit lui aussi sa route en direction de chez lui, pensant à ce qu'il avait envie de faire ce soir. L'avantage avec Michel, c'est qu'il n'y avait aucune limite. Il repensa avec un sourire à cette fois où, l'alcool aidant, il faut le reconnaître, ils avaient, sur un coup de tête, et à la suite d'un pari stupide, décidé de rejouer une scène du film *Un éléphant ça trompe énormément.* Ils avaient passé une très belle soirée en fort jolie compagnie. Ils rentraient à pied sous la pluie et discutaient de tout et de rien. Surtout de rien, d'ailleurs. Les deux jeunes femmes avec qui ils avaient passé la soirée étaient très cultivées et intéressantes, mais trop jeunes pour connaître ce classique du cinéma français. Alors quand Michel leur avait parlé de ce monument, devant leurs regards interrogatifs, ils avaient raconté, hilares la scène de l'aveugle dans le restaurant afin de leur donner envie de voir le film. Sans succès. Ils auraient pu, pour les convaincre, sortir leur téléphone pour leur montrer l'extrait, mais ils avaient trouvé beaucoup plus intelligent, et drôle surtout, de rejouer cette scène. Ils étaient donc entrés tous les deux dans le premier bar ouvert qu'ils avaient croisé. Michel avait utilisé son parapluie comme canne d'aveugle. Ils avaient pris beaucoup de plaisir. Nathan n'avait pas pu se retenir de rire. On ne peut pas en dire autant du propriétaire de l'établissement, qui n'avait pas fait preuve de beaucoup d'humour. Seul un chèque d'une somme très élevée, astronomique même, l'avait convaincu de ne pas porter plainte. Et lorsque les deux compères étaient ressortis, après moult efforts diplomatiques, ils avaient découvert que leurs conquêtes étaient parties, de peur des représailles sûrement, mais faisant preuve d'un manque de savoir-vivre évident. Et cela les avait fait rire de plus belle.

Sans s'en rendre compte, Nathan était arrivé en bas de

chez lui. Il avait la chance d'habiter un bel immeuble, proche d'un parking dans lequel il avait un box attitré. Une bonne douche lui ferait du bien. L'eau chaude lui permettrait de détendre ses muscles et de décider du programme de la soirée. C'est à cela qu'il pensait, lorsque sortant du parking, il envoya un message à Michel.

— J'aurais peut-être un peu de retard, je viens juste d'arriver. Le temps de prendre une douche et de m'habiller. Pas encore d'idée pour ce soir. Si tu as des envies/idées, je prends.

La réponse ne se fit pas attendre.

— Tu m'as pris pour TripAdvisor ?

Que répondre à ça ? Nathan entra dans son appartement avec plaisir. C'était l'un des rares moments où le masque tombait. Où il redevenait l'enfant ébloui par la vie. Son appartement était décoré avec goût. Forcément, puisqu'il avait fait appel à une architecte d'intérieur renommée. Pour gagner du temps, pour faire un peu comme tout le monde aussi, mais aussi pour faire partie d'un monde qui l'avait toujours fait rêver. Un monde où le luxe, c'est le temps, et où l'argent permet de ne pas en perdre. Mais l'architecte avait su le cerner et comprendre ce qu'il attendait. Elle avait réussi à réaliser un savant mélange entre les époques. Elle avait même réussi à dénicher une vieille sacoche de chirurgien qui devait avoir plus de cent ans, et l'avait posée sur une étagère en verre de la bibliothèque remplie de livres de médecine qui avaient peu ou prou le même âge. Un savant effet de lumière faisait de cette sacoche une véritable œuvre d'art et parfois, Nathan l'observait en se demandant quelles vies elle avait contribué à sauver.

Il n'avait jamais fait entrer l'une de ses conquêtes dans cet appartement, préférant les rencontres dans les hôtels de luxe. Au début, ses petites amies trouvaient cela romantique, mais toutes, sans exception, finissaient par lui demander à venir au moins dîner chez lui. Et c'était immanquablement la fin de l'histoire. Certaines pensaient qu'il refusait de les recevoir parce qu'il avait une femme à la maison. Ridicule. Nathan ne croyait pas en l'amour. Pas faute d'avoir essayé. Pas faute, en tout cas, d'avoir multiplié les essais, pour être plus précis. Il avait eu des coups de cœur. Beaucoup. Mais il n'avait jamais réussi à s'attacher. Son ami Michel était un amoureux de l'amour, un compulsif. Nathan aurait aimé un jour avoir envie de dire « je t'aime ». Il aurait aimé avoir suffisamment confiance pour s'abandonner. Mais ça n'était jamais arrivé. Il n'avait jamais eu l'audace de mentir. Même lorsqu'il l'avait entendu dans de magnifiques lèvres. Il avait entraperçu l'espoir au moment où les mots avaient été prononcés, l'attente dans le regard de l'autre, mais il n'avait jamais su vraiment comment réagir, ni à ces mots, ni à la déception face à son silence. Parfois d'ailleurs, cette déception avait transformé l'amour en haine et il avait gardé certains SMS comme des trophées. Pas d'intérêt à garder les messages tendres, mais les messages agressifs, vengeurs, lui donnaient l'impression d'être vivant, d'avoir vécu au moins.

Nathan resta pensif devant la partie de sa bibliothèque comportant ses 33 tours. Bien sûr, il aurait pu demander à son enceinte connectée de jouer une playlist, un album, mais il avait envie d'écouter un vinyle. Il comprenait les amateurs de musique qui préféraient le numérique, mais lui aimait les craquements des tourne-disques. Le son était moins pur, mais définitivement plus réel. Et c'est cela qui manquait à la vie de Nathan.
Il avait essayé toute sa vie, de toutes les manières

possibles, de rendre sa vie authentique, mais n'avait jamais vraiment réussi.

Il laissa glisser ses doigts sur les vinyles, lisant rapidement les noms des artistes. D'aucuns pensaient qu'il les collectionnait, et il les laissait le penser. Ça leur permettait de savoir quoi lui offrir lorsqu'ils désiraient lui faire plaisir. Plus besoin alors de se poser de questions. Nathan faisait semblant d'être étonné, eux faisaient semblant de s'être intéressés, et tout le monde était content. Cela contribuait à avoir des styles totalement différents dans sa bibliothèque, et c'était une bonne chose, car ses goûts musicaux étaient éclectiques. Il ne savait d'ailleurs pas quoi écouter à l'instant présent. Autant choisir un classique. Ah, Miles Davis, *Kind Of Blue*, serait parfait. Nathan posa doucement le vinyle sur le tourne-disque. C'était l'une des rares choses non ostentatoires dans son appartement. Et pour cause, il s'agissait d'un cadeau de ses parents pour ses quinze ans. Certains auraient pu penser qu'il faisait tache dans son logement, mais l'architecte avait eu l'idée de le placer au centre de la pièce. Attirer le regard pour détourner l'attention, Nathan avait aimé l'idée. Il faut dire que l'architecte n'avait au départ pas été emballée d'intégrer une telle pièce dans son projet global.

« *Monsieur Guérin, je sais que la traduction littérale de vintage est démodée, mais il ne faut pas toujours tout prendre au pied de la lettre.* »

Le regard fermé de Nathan lui avait permis de comprendre qu'aucun compromis ne serait possible sur ce point. Elle en avait fait une force de l'appartement. Nathan avait d'ailleurs été séduit par l'installation savante d'enceintes qui jalonnaient son appartement et qui lui permettaient d'écouter la musique partout dans son appartement. Il était même persuadé que le prix de

l'installation n'était pas sans lien avec l'idée de lui faire littéralement payer cette demande incongrue. Les notes commençaient à se faire entendre lorsque Nathan commença à se déshabiller tout en se dirigeant vers sa chambre et donc sa salle de bains. La musique se mariait parfaitement au bruit de ses pas sur le parquet massif. Il entra dans la douche et ouvrit le robinet. L'eau commença à couler. D'abord très froide, elle devint comme il l'aimait, bouillante. Ses muscles tendus commençaient à peine à se détendre et Nathan regrettait presque d'avoir à ressortir. Presque. Il n'avait pas envie de se retrouver seul. Pas envie de manger seul. Il l'avait trop fait durant ses études. Seul face à ses livres et ses notes. Il s'était alors promis, non juré, de ne plus vivre cela lorsqu'il serait médecin. Et il respectait toujours sa parole. Au loin, son téléphone bipa. Plusieurs fois d'affilée. Sûrement l'hôpital. Il n'en eut cure, il avait besoin de ce moment de détente. De ce moment à lui. Son esprit vagabonda encore une fois vers cette jeune femme croisée à ce feu. Elle l'avait touché. Il ne savait expliquer pourquoi. Avait-il besoin de l'expliquer, d'ailleurs ? Il ne la reverrait sans doute jamais, et elle l'avait sûrement déjà oublié. Il fallait juste remercier l'Univers pour ce joli moment et passer à autre chose.
C'est à cela qu'il pensait lorsqu'il sortit de la douche et commença à se sécher. Son téléphone bipa de nouveau. Sa journée était finie, il n'était pas de garde, pourquoi ne pas le laisser tranquille ? De mauvaise humeur, il ouvrit son téléphone et lut les messages. Pas de surprise, il s'agissait bien de l'hôpital, mais ce qu'il lut le glaça. Il composa le numéro, impatient.

— Guérin à l'appareil, je viens de voir ton message. Dis-moi ce qui s'est passé.

La personne au bout du fil, un jeune homme, semblait bouleversé.

— Docteur, je ne sais pas par où commencer...

Nathan laissa échapper un grognement agacé.

— J'ai commencé ma tournée comme vous me l'avez indiqué. J'ai bien commencé par la 26, comme d'habitude. Les constantes étaient normales, je ne pensais pas que...

Nathan le coupa.

— Je ne te demande pas ce que tu pensais, je te demande ce qui s'est passé.

— Oui, désolé docteur, j'ai donc quitté la chambre et continué le tour des patients comme prévu. Il y a quinze minutes, la tension a chuté subitement. On sait quelle importance avait cette patiente pour vous, alors on a tout lâché et on y est allés... J'ai demandé à ce qu'on vous écrive tout de suite. J'ai tout essayé, j'ai même appelé Berthier.

— Le professeur Berthier.

— Oui, pardon, le professeur Berthier, mais il n'a rien pu faire non plus... On va devoir la déclarer, je suis désolé, docteur... Au vu de la situation, désirez-vous faire l'annonce vous-même ?

— La situation ? Quelle situation ? C'est une patiente, elle est décédée, vous faites la déclaration, point.

Et Nathan raccrocha. Il regarda son téléphone en silence, un instant incrédule. Il composa le numéro de Michel, qui répondit assez vite.

— Bon, tu vas me dire que tu vas avoir du retard, je présume ?

— Non. Je t'appelle pour annuler. Elle vient de lâcher la rampe.

— Merde. Je suis désolé. J'arrive.

— Non, je préf...

— Nath, c'est pas une question. J'arrive.

Mais déjà, Nathan n'écoutait plus. Il avait lâché son téléphone et s'était laissé glisser sur le sol.

## CHAPITRE 2

*17 mai 1990*

Cher journal,

Bizarre d'écrire ainsi à un morceau de papier, mais j'ai décidé de commencer un journal intime. Alors il paraît qu'il faut commencer par se présenter. Je m'appelle Lisa, j'ai 15 ans, et je veux mourir. Directe la meuf, je sais, mais je n'ai pas l'intention de tourner autour du pot. En tout cas, pas sur ce journal. Ça servira de testament ou je ne sais quoi.

Ça leur permettra peut-être de comprendre pourquoi. Ou pas d'ailleurs, je m'en fous. Je ne sais pas encore comment je vais le faire, mais c'est décidé, je vais me foutre en l'air. Tu penses peut-être que 15 ans, ce n'est pas vieux, que je suis sûrement en pleine crise d'adolescence, que je devrais m'accrocher... Mais qu'est-ce que tu en sais ? Tu n'es qu'un morceau de papier. Un cahier Clairefontaine que j'ai acheté au Monoprix du coin. J'ai dit à ma mère que j'avais besoin d'un nouveau cahier pour mes maths, elle n'a pas cherché à comprendre. Elle ne cherche jamais, d'ailleurs. Elle m'a dit d'aller me servir dans son porte-monnaie et d'en profiter pour rapporter le pain.
J'ai fait exprès de choisir une baguette trop cuite, je sais qu'elle déteste ça... c'est ma petite victoire à moi, elle avait

qu'à y aller au lieu de rester avachie devant la télé. Elle pense qu'elle a une vie de merde, mais elle sait ce que c'est une vie de merde ? Elle me soule avec ses « Moi, à ton âge… ». Je sais qu'à mon âge, elle avait déjà rencontré mon père. Ils ont tous les deux eu un coup de foudre. Elle m'a dit ça avec la larme à l'œil. Mon père s'est tiré il y a deux mois, avec une de ses collègues. Enfin, je crois, car il s'est barré, et depuis, plus de nouvelles. Bon, ça ne change pas grand-chose, même quand il était là, il était absent.
19 h 30 à la maison, 19 h 31 télé allumée, et il ne fallait pas faire de bruit pour qu'il puisse écouter. Monsieur était fatigué de sa journée de travail. Repas devant la télé bien sûr et soirée… oui, t'as deviné, devant la télé. Enfin, pour eux, car moi j'ai les cours, donc au lit, comme si j'avais cinq ans ! Bon débarras, depuis qu'il est parti, je regarde ce que je veux le soir, ma mère s'en fout, elle me laisse faire. Elle dit qu'elle me fait confiance. Tu parles. Elle n'en a juste plus rien à foutre de tout. Elle avait organisé sa vie autour de ce connard. Quand il est parti, elle s'est rendu compte que sans lui, elle n'était rien… Eh ben moi, je ne serai pas comme elle. Je ne tomberai jamais amoureuse. De toute façon, je me foutrai en l'air avant. Et puis, qui voudrait d'une meuf comme moi ?

*19 mai 1990*

Pourquoi le seul plaisir des profs, c'est de faire chier les élèves ?
Ce matin, la prof d'histoire-géo m'a foutu la honte devant tout le monde. Comme si j'avais besoin de ça… Je n'écoutais pas, évidemment, qui franchement s'intéresse à des trucs qui se sont déjà passés ? « C'est pour ton avenir », qu'ils me disent. Mon avenir ? Qu'est-ce que j'en ai à battre ? D'ici pas longtemps, mon

avenir, ça sera un trou. Ça me permettra de ne plus y penser. De ne plus sentir leurs mains sur moi. De ne plus... En tout cas, je ne l'écoutais pas, et j'étais en train de gribouiller un truc sur mon cahier. La prof s'est approchée et m'a dit : « Ne pas m'écouter, passe encore, mais faire ce genre de dessin, c'est une insulte au concept même de l'art ! » Tout le monde s'est foutu de ma gueule. Même Gras-du-bide. Alors que normalement, c'est de lui qu'on se fout. Bon, d'accord, d'habitude, c'est eux qui se foutent de lui, et moi, je ne l'appelle jamais comme ça... Mais là, il s'est foutu de moi, alors finalement il mérite ce surnom !
Je le déteste ! Je les déteste tous !

*20 mai 1990*

Bientôt le Bac. Je ne sais pas si j'irai. Ça me servirait à quoi ?
Y a un nouveau qui est arrivé. Qui arrive comme ça en fin d'année ?
Il se prend pour un aristo. Il n'a pas dit un mot. Nathan, je crois. Mignon, mais pas mon style. Le prof de maths l'a foutu à côté de moi. Comme si j'avais besoin de ça... Bon, ça m'a permis de copier, ça avait l'air simple pour lui.

*23 mai 1990*

Bon, finalement, ce Nathan est plutôt sympa. Il ne parle pas beaucoup, mais on se comprend, lui et moi. Il m'a aidée à mieux suivre en maths, mais sans me donner l'impression de me rendre service. Surtout, sans le regard qu'ont les autres sur moi. C'est marrant, le prof a passé l'année à essayer, mais avec lui, ça semble plus simple.

Je l'ai vu à la récré, il était comme moi, tout seul dans un coin. Alors je suis allé m'asseoir à côté de lui. Il a eu l'air étonné, mais il n'a rien dit. Il a juste sorti son cahier de maths et m'a sorti : « Tant qu'à faire, je vais t'expliquer, comme ça t'auras plus besoin de copier sur moi. On sait jamais, si je suis plus là. »

# CHAPITRE 3

Michel avait les clefs de l'appartement de Nathan. Il entra directement, sans même taper à la porte. Il ne mit pas beaucoup de temps à trouver son ami qui se trouvait toujours par terre. Le regard perdu au loin. Il ne s'attendait pas spécialement à le voir pleurer, mais il était quand même déçu. Il savait par expérience que les larmes pouvaient aider. Il savait surtout que Nathan gardait tout pour lui. Trop.

— Allez Nath, lève-toi, on va à l'hôpital.

— À quoi bon ? Elle est plus là, Michel.

— Pour lui dire au revoir

— Lui dire au revoir ? Putain, le pire c'est que ce soir, je suis parti directement. Je pensais la voir demain matin. Quel stéréotype. C'est pathétique...

— Nath, si tu veux jouer ce type de partition, je ne suis pas la bonne personne. Tu vas te lever et on va partir à l'hosto. Elle avait que toi, donc il faut au moins faire la paperasse.

— La paperasse ? Mais elle est faite, Michel. Depuis des années, elle est faite. Il ne reste plus qu'à mettre la bonne date. Je ne suis pas naïf. Je savais bien qu'elle ne se réveillerait pas.

— Tu t'habilles et on y va.

De mauvaise grâce, Nathan quitta la salle de bains en direction de sa chambre. Lui, toujours tiré à quatre épingles, enfila un jean, un tee-shirt et des Converse. Il s'imaginait bien que personne ne l'avait déjà vu habillé comme ça sur son lieu de travail, mais il s'en fichait royalement. Il savait que Lisa aimait bien quand il était habillé comme ça. C'était sa manière à lui de lui rendre hommage. Il savait que ça l'aurait fait sourire. Son sourire... Il avait la capacité de réchauffer le monde. Nathan avait tout de suite compris que cette jeune fille gothique allait changer, non, chambouler sa vie. Il l'avait compris au moment où il était entré dans cette salle de classe et où le professeur de mathématiques lui avait indiqué la seule place libre. À ses côtés. Il avait eu de la chance. Il était tombé sur elle. Il n'avait jamais cru à la chance. Sauf cette fois-ci. Elle était entrée dans sa vie comme elle avait vécu. Sans bruit. Mais elle avait tout changé.
Sans un mot, il sortit de sa chambre et passa à côté de son ami qui le suivit. Ils quittèrent l'appartement. Nathan savait que le disque tournait dans le vide, mais il n'avait pas la force de le ranger. Pas la force de s'approcher du tourne-disque. Pas ce soir. Dans le couloir face à l'ascenseur qui tardait à venir, il sentit la main de Michel se poser sur son épaule. Habituellement, il détestait ce genre de geste, à la fois inutile et tellement cliché, selon lui. Mais ce soir-là, cette présence lui fit du bien. Il sourit presque quand Michel lui dit :

— Ça me fait une bonne excuse pour conduire Christine.

Christine était le petit nom affectueux que Michel utilisait parfois pour désigner son ancienne Mustang, en référence au livre d'un auteur qu'il affectionnait particulièrement. L'histoire d'une voiture qui avait sa propre conscience et qui était excessivement jalouse. En tout cas, il est vrai que cette Mustang avait son petit caractère. Et n'importe qui pouvait l'entendre dès le démarrage. Michel fit ronronner le moteur, prenant du plaisir à ressentir les vibrations jusque sur le volant. Il jeta un regard coupable à Nathan, presque gêné d'apprécier le moment. Il enclencha la première et, connaissant bien son ami, décida de ne pas allumer la radio. Seule la musique du moteur accompagnerait leur voyage à travers Paris.

La vie est incroyablement ironique, ce n'est pas la première fois que Nathan le remarquait. Ironique et cruelle aussi. Lors de son retour chez lui, son esprit était obnubilé par des idioties qui lui semblaient capitales, et là... Là, plus rien ne semblait important. C'est d'ailleurs ce qu'il avait envie de hurler à tous ceux qui, dans la rue, continuaient leur vie comme si de rien n'était. Comment osaient-ils ? N'avaient-ils pas conscience ? Ne comprenaient-ils pas ? Nathan aurait aimé les secouer pour leur dire. Leur expliquer. Leur montrer ce qu'ils avaient perdu, ce qu'ils ne vivraient jamais à ne pas avoir connu Lisa. Ce que lui, surtout, ne pourrait jamais plus vivre.
Il avait eu le temps de se préparer au deuil. Mais l'est-on jamais ?
La mort faisait partie de son quotidien, et il avait pensé à cet instant à de nombreuses reprises, sûr de ses réactions, qui auraient été, qui auraient dû être mesurées, empreintes de retenue et de philosophie. Au lieu de cela, il se sentait complètement dépassé. Ce n'était pas un sentiment nouveau. Mais c'était un sentiment qu'il n'aimait pas. Avant de la rencontrer, il s'était toujours senti à part. Un peu spectateur d'un monde qui ne semblait pas fait pour lui.

Un jour, il avait réussi à mettre des mots sur ce qu'elle lui avait apporté. La soirée avait été, comme souvent, silencieuse. Ils étaient assis sur un banc à côté de leur lycée. Elle avait lu un roman toute la soirée, lui avait étudié. Il avait posé son livre, s'était allongé, posant sa tête sur ses genoux, puis il lui avait dit :

— Tu m'as offert une piste d'atterrissage.

— Tu m'expliques ?

— Ce que je veux dire, c'est qu'avant de te connaître, je regardais tout de loin. Et toi, tu m'as permis d'avoir envie de poser les pieds sur terre. Et de m'intéresser.

— De t'intéresser ?

Et Lisa avait éclaté de rire.

— En fait Nath, t'as raison, t'es un extraterrestre... Des fois, faudrait que tu t'écoutes parler... T'es lunaire !

— Fais pas semblant de pas comprendre !

— Je comprends. Bien sûr que je comprends, l'avait-elle rassuré tout doucement.

Puis, le regardant droit dans les yeux, elle avait ajouté avec un sourire :

— Mais ce n'est pas le genre de chose qu'on dit à voix haute, Nath... Allez, viens, ramène-moi chez moi. J'ai faim.

Nathan regardait par la fenêtre de la voiture en repensant à ces moments. Seul le bruit de la conduite nerveuse de Michel occupait l'espace sonore. Repensant à ces moments, Nathan ressentit la faim.

— Arrête-toi pour qu'on mange un truc avant, j'ai faim, moi aussi.

— Toi aussi ? Mais je n'ai rien dit.

Nathan ne prit pas la peine de répondre et Michel eut l'élégance de ne pas reposer sa question. Les lumières de Paris défilaient par la fenêtre et les grands boulevards semblaient bien vides ce soir-là. Nathan espérait que Lisa ait enfin trouvé sa place. Qu'elle ait trouvé sa piste d'atterrissage à elle. La colère avait été leur ciment. Au début, au moins. Colère contre le monde, contre les autres, contre la vie. Nathan en avait fait un moteur ; elle non.

Pas une question de faiblesse, au contraire même, mais une vision différente des choses. Lisa aurait pu vivre autrement, accéder à ses rêves pleinement, avoir ce que certains nomment parfois « une revanche sur la vie », à l'image de Nathan, mais aurait-elle été pour autant plus heureuse ?

Nathan se posait souvent la question. Lui-même était-il heureux ? Il avait tout ce dont il rêvait. Tout. Et pourtant, il lui manquait l'essentiel. Il n'avait jamais su quoi. Il aurait aimé savoir, ça lui aurait permis de comprendre. Contrairement à Lisa, il n'avait pas de trauma. Il en avait douté pourtant. Il avait tenté une psychothérapie afin de faire ressortir ce qui aurait pu être enfoui dans son inconscient, mais il avait été totalement étanche aux différentes tentatives de la thérapeute. L'ennui et la colère faisaient partie de lui. Il devait vivre avec.

Ils s'approchaient de l'hôpital. Nathan savait que ce qu'il allait devoir vivre allait être difficile. À bien des égards, d'ailleurs. À commencer par les regards de ses collègues. Il détestait l'idée même de voir de la pitié dans leurs yeux.

— Michel, arrête-toi avant, j'ai vraiment besoin de manger un morceau.

— Oui, j'ai compris, je n'ai juste pas envie de t'emmener manger un hamburger.

Michel dépassa l'hôpital et s'engagea dans une contre-allée. Il attrapa son téléphone et composa un numéro de tête. Une voix lointaine, féminine, décrocha assez rapidement. Michel prit sa voix la plus douce.

— Bonsoir, ma chérie. Oui, je sais, ça fait longtemps. Oui, je sais, mais... Je sais, mais il s'agit d'une urgence. Pour Nath. On sera là d'ici quinze minutes. Merci. Vraiment, parfois, je me demande pourquoi ça n'a pas marché, nous deux...

Il afficha un sourire.

— Oui, tu as raison, à cause de moi. À tout de suite.

Raccrochant, il ne jeta pas un regard à Nathan, quand il dit :

— Elle nous attend. Elle te prépare ton assiette. Je n'ai pas osé lui dire que j'avais faim aussi.

Pour une fois, cela ne fit pas sourire Nathan. Il continuait de regarder la route, sans dire un mot. Ce n'est que lorsque Michel se gara devant l'immeuble haussmannien qu'il se laissa aller à dire :

— Merci, Michel.

— Garde tes mercis pour les autres. Pour nous, ce n'est pas la peine. Et puis, si tu crois que je ne vais pas taper dans ton assiette, tu rêves. Allez, dépêche-toi, la connaissant, elle t'a déjà servi.

Et il ne croyait pas si bien dire. Une femme attendait sur le trottoir. On aurait pu croire qu'elle promenait son chien en fumant une cigarette, mais nulle trace du meilleur compagnon de l'homme. Lorsque Nathan sortit de la voiture, elle ne s'approcha pas. Elle attendit que celui-ci s'approche d'elle.

— Merci, Mélanie. C'est une idée de Michel. Moi, je voulais qu'on s'arrête pour acheter un truc rapide.

— Pour une fois qu'il a une bonne idée, tu ne vas pas lui en vouloir, non ? Comment tu te sens ? Ça s'est passé quand ?

— Comment tu sais ?

— Faut pas être sortie de Saint-Cyr. Pour que Michel m'appelle et t'emmène ici, c'est que tu ne dois vraiment pas être bien. Et donc ça ne peut qu'être à propos d'Elle... Bref, ça s'est passé quand ?

— Dans la soirée... Mais on sait toi et moi que ça s'est passé il y a bien longtemps, en réalité...

— Oui... On le sait. On fait un deal. Tu entres manger, on n'en parle pas, on essaye de pas y penser. Il sera temps après. Tu auras tout le temps.

— Ça me va. Merci.

Décidément, il n'arrêtait pas de dire merci. Lui qui avait appris à se débrouiller tout seul, enfin le croyait-il.

Il observa Mélanie taper le code de la porte d'entrée de l'immeuble. C'était une belle femme. Pas seulement physiquement. Michel avait raison. C'est à cause de lui que ça n'avait pas marché. À l'époque, même s'il ne le reconnaissait pas, Michel avait été heureux. C'est d'ailleurs sûrement ce qui lui avait fait peur. Mélanie avait fait partie des « pertes et profits » lors du chamboulement de vie de Michel. Alors même qu'ils vivaient ce qu'on pouvait appeler une belle histoire d'amour, il l'avait quitté sans un mot, ou plutôt si, une note posée sur une table basse. Un « *pardon* », et un « *merci* » griffonné à la va vite, comme autant de regrets des moments à venir. Mélanie avait été très amoureuse de Michel, et Nathan la soupçonnait de l'être encore. Elle lui avait pardonné. Et Nathan l'admirait pour cela.

Ils n'eurent pas besoin de prendre l'ascenseur. Mélanie habitait dans la loge située juste à côté de la porte en bois. L'odeur qui s'échappait de son domicile était divine. Nathan ne put s'empêcher de saliver. Semblant lire dans ses pensées, Mélanie déclara :

— Si j'avais pu prévoir, j'aurais fait autre chose, mais en aussi peu de temps... Je t'ai préparé des spaghettis au vin et à l'ail.

— C'est parfait Mélanie, merci...

— D'ailleurs, j'avais qu'un bordeaux. Michel va criser en voyant quelle bouteille j'ai utilisée, mais je n'avais rien d'autre...

Michel leva un sourcil, faussement agacé, mais n'eut pas le temps pas le temps de prononcer un mot que Nathan répondit :

— Ça l'aurait bien fait marrer, Lisa, des pâtes avec un vin hors de prix.

Mélanie lui rendit un sourire triste et ajouta :

— C'est encore mieux. Ce sont des pâtes avec un vin hors de prix que Michel m'a offert !

Michel eut un hoquet.

— Mélanie, tu ne parles quand même pas du Cheval Blanc à deux mille cinq cents euros ?

Mélanie, dans un éclat de rire, s'adressa à Nathan :

— Tu vois, je ne l'ai pas connue, mais je suis sûre qu'elle aurait adoré, Lisa.

Devant l'air désolé de son ami, Nathan se laissa aller à rire aussi. Un rire qui frôlait les larmes, sans jamais les toucher.
Lisa allait lui manquer. Sa voix lui manquait déjà depuis plusieurs années, mais il savait qu'elle était là, pas loin. Il se souvenait du jour ou son Tam-Tam, ancêtre du téléphone portable, avait sonné. Un message. Un mot. « Pardon. ».
Il avait immédiatement compris. En classe, il était parti en courant, laissant ses affaires et son professeur en plein milieu d'une explication savante. Il avait couru le plus vite possible. Il n'avait pas pris sa voiture pour se rendre en cours ce jour-là. Il ne pourrait arriver rapidement. Dans le silence des couloirs de son université, il avait utilisé le téléphone à carte et composé le numéro d'urgence afin d'essayer de rattraper l'irrattrapable.

— Service d'urgence bonjour, veuillez ne pas quitter, un opérateur va vous répondre.

Nathan entendait l'écho de ses pas dans l'escalier, agacé de ne pouvoir parler directement à une personne réelle.

— Service d'urgence, comment puis-je vous aider ?

Essayant de rester cohérent et calme, Nathan indiqua d'un trait :

— Bonjour, je m'appelle Nathan Guérin, je viens de recevoir un message d'une amie, Lisa, qui me laisse croire qu'elle va attenter à ses jours. Je suis à l'autre bout de

Paris, et même si je suis en direction de son appartement, si personne n'y va rapidement, je pense qu'il sera trop tard.

— Qu'est-ce qui vous fait croire cela ?

La suite, Nathan ne s'en souvenait pas vraiment. Il avait souvent rejoué la scène dans sa tête. Aurait-il pu être plus convaincant ? Aurait-il pu gagner quelques secondes ? Quelques minutes ? Est-ce que cela aurait changé quelque chose ?
Les pompiers avaient défoncé la porte et trouvé Lisa allongée sur son lit, des boîtes de médicaments vides sur la table de nuit. Ils étaient intervenus rapidement, mais pas assez. Le cerveau était touché. Trop profondément. Et depuis, elle végétait dans un coma profond. La colère de Nathan avait été décuplée. Contre la vie, contre elle, mais aussi, et surtout, contre lui-même. Évidemment qu'il avait vu les choses venir. Tout le monde les avait vu venir. Tout le monde savait que Lisa était malheureuse. Tout le monde savait qu'elle était à bout, qu'elle ne trouvait pas de solutions pour s'en sortir. Et tout le monde se cachait derrière de faux espoirs à coup de « elle est forte », « c'est une mauvaise passe », « elle est juste un peu fatiguée ». La réalité était tout autre. Nathan s'en voulait de n'avoir pas réussi à trouver de solution. De n'avoir pas réussi à lui faire aimer... Aimer quoi, d'ailleurs ? Comment lui faire aimer une vie qui de toute façon l'ennuyait ? Dans tous les cas, c'était sa faute. Elle avait décidé de mettre fin à ses jours pour ses raisons à elle. Mais lui, n'avait pas réussi à la faire changer d'avis.

# CHAPITRE 4

*18 novembre 1995*

C'est pour aujourd'hui.

J'ai pris le temps de mettre de côté tous les médocs dont j'ai besoin. Ça va enfin se terminer. Je sais qu'aujourd'hui Nathan est en cours. Ça me fait bizarre de l'appeler Nathan, moi qui l'appelle toujours Nath. Il déteste quand je l'appelle comme ça. Je ne vais pas lui faire le coup de la lettre d'adieu. C'est kitch. J'aurais aimé lui écrire un mot à la Gainsbourg, genre « Je suis venu te dire que je m'en vais », mais je n'ai pas ce talent. J'ai aucun talent, d'ailleurs.
Oh ! je ne suis pas en train de faire ma pleureuse, c'est comme ça. Il m'a dit qu'il n'irait pas à la fac en voiture aujourd'hui. C'est pour ça que c'était le jour idéal. Il n'aura pas le temps de revenir. Il va m'en vouloir, je sais, mais j'espère aussi qu'il comprendra. Je n'en peux plus.

Nath, je sais que tu vas lire mon journal, tu ne pourras pas t'en empêcher. Même si tu m'avais promis. Ne t'inquiète pas, je ne t'en veux pas. C'est humain. Tu vas avoir besoin de comprendre. C'est rassurant, non ? Le hic, c'est que je ne crois pas que tu trouveras de réponse dans ce que j'ai écrit. En tout cas, moi, je n'en ai pas. Comprendre m'aurait peut-être permis de réparer un peu. Ou du moins, de commencer à essayer de... Je t'imagine sourire, un peu perplexe... Je vois même la plissure qui se fait entre tes deux sourcils... C'est mignon quand tu fais ça... Et maintenant, je t'imagine rougir. C'est peut-être les médicaments qui commencent à faire effet... Je vois clairement ton visage un peu gêné. Oh ! je sais que tu sais. Tu as toujours su, d'ailleurs. Mais il ne s'est jamais rien passé. Rien de plus que cette amitié, qui te suffisait et qui m'étouffait. Mais rassure-toi mon « ami », mon passage à l'acte n'est pas lié à cela... Ce choix, je l'avais déjà fait avant.

Au contraire même, te connaître m'a donné envie de rester un peu plus longtemps. Appelle ça de la curiosité. J'ai rencontré un extraterrestre comme moi et j'ai voulu voir comment lui s'y prenait pour s'intégrer. Et puis, j'ai compris. J'ai compris que s'intégrer ne faisait pas partie de tes priorités. Pire, que ça ne faisait pas partie de tes possibilités. Tu as compris que tu étais différent. Et tu t'en fous.
Je ne te ferai pas le coup du « te souviens-tu », car je sais que tu te souviens de tout. Tu as une mémoire de fou. Ça m'impressionne, moi qui me souviens à peine de ce que j'ai mangé ce midi. Mais avec toi, certains souvenirs ne s'effacent pas. Certains pensent qu'il s'agit d'amour... Pour moi, c'est autre chose. C'est du charisme. Voilà encore ta grimace entre tes sourcils... Oui, c'est du charisme, et un jour, tu comprendras. Tu comprendras que tu ne passes pas inaperçu et que les gens ne t'oublient pas. Et pas seulement moi. Voilà donc que ma lettre d'adieu se transforme en discours de motivation. Sympa, non ?
Eh bien, pourquoi pas... Si ma vie à au moins servi à ce que Nathan Guérin comprenne qui il est, et à quoi il est destiné, alors elle n'aura pas été vaine. Tu sais que tu vas être médecin, tu l'as toujours su, mais moi, je sais que tu seras un grand médecin. Un mec qui sauve des vies. Un

mec dont on se souvient. Un mec avec un destin extraordinaire. Et ça, je ne suis pas sûr que tu l'aies compris. Il te faudra faire des sacrifices.

Je délire et je perds le fil. Les médocs commencent à me faire partir... En tout cas, je me souviens que tu ne m'as jamais regardée comme les autres. Ni comme une bête de foire, ni comme un objet. Je n'ai jamais suscité autre chose que ces deux sentiments. Le dégoût, l'envie ou même les deux en même temps. Parfois j'en jouais, parfois ça m'épuisait. J'ai souvent rêvé de passer inaperçue... Difficile, vu mon look, me diras-tu. Oui, je sais. Une fille gothique, c'est rarement passe-partout, surtout si cette fille est... Oui, je sais.

Il fait beau pour un mois de novembre. Pleureras-tu ? Me pardonneras-tu ?

J'ai souvent pensé à ce moment. Je n'imaginais pas qu'il serait aussi triste. J'ai envie de chialer. J'entends au loin la télé de ma mère. Encore une de ses émissions à la con. Elle n'a rien vu. Elle s'en fout de toute façon. J'ai bien essayé de lui dire, mais elle n'avait pas envie d'entendre. Pour ça, il aurait fallu qu'elle écoute... Et depuis quand, une mère, ça écoute ?

Je pourrais me sentir coupable pour elle, mais en fait, non. Je me sens plutôt mal pour toi, Nath. Je sais que tu vas t'en sortir. Certains pensent que le suicide c'est de la lâcheté, mais j'espère que toi, tu ne penseras pas ça. J'espère que toi, tu comprendras qu'en fait, je n'avais pas d'autres choix, pas d'autres solutions. Que quoi que je fasse, je suis face à un mur. La douleur, j'aurais pu vivre avec... j'ai déjà vécu avec. Mais je suis enfermée dans une vie qui n'est pas la mienne, et y a pas d'autres portes de sortie que celle-ci...

# CHAPITRE 5

Nathan connaissait presque par cœur ce passage du dernier jour du journal intime de Lisa. Il l'avait tellement lu. Parfois même, il l'avait lu à voix haute dans la chambre d'hôpital, au rythme des bips réguliers qui lui rappelaient le coma de son amie. Il n'avait pas eu le courage de lire ce cahier tout de suite. Il avait même pendant longtemps cru qu'il respecterait sa parole de ne pas le lire. Mais il était humain. Et puis il avait su qu'elle avait pensé la même chose, et au milieu des larmes, il avait ri. De toute façon, les promesses ne concernaient que les vivants. Il s'était inventé un tas d'excuses lui permettant de lire les derniers mots de son amie. Son amie. Il n'avait jamais eu de doute sur ses sentiments à lui. Mais ça serait mentir que de dire qu'il n'avait rien vu. Il avait assez vite compris les allusions, les regards, mais avait fait l'aveugle. Un jour, s'était-il dit. Un jour, peut-être, mais il était encore jeune, il voulait s'amuser, il savait que Lisa ne serait pas une passade. S'il devait se passer quelque chose, il fallait qu'il soit sûr de lui. Elle avait déjà trop souffert, il ne pouvait pas en rajouter. Alors il avait botté en touche, été un ami. Un bon ami, le meilleur même, en se disant que plus tard, il serait toujours temps. Mais le problème, c'est qu'elle ne leur avait pas laissé le temps. Elle avait pris cette décision toute seule. Dieu, qu'il lui en avait voulu ! Combien il lui avait hurlé dessus, sachant pertinemment qu'elle ne pourrait lui répondre, et doutant même qu'elle puisse l'entendre, loin dans son coma.

Il en avait parlé souvent à Michel, son ami qui actuellement, faisait les yeux doux à Mélanie, tout en se régalant de ses pâtes à trois cents euros la bouchée. Nathan regarda son assiette, il y avait à peine touché. Pourtant, son estomac criait famine. Il savait qu'il devait se dépêcher. Il vivait cet instant comme on regarde un film. Comme un spectateur. Sans vraiment ressentir d'émotion.

Il fallait qu'il se retienne. Que les larmes ne coulent pas. Non pas qu'il ait honte devant Michel ou Mélanie, mais il savait, il était sûr même, que si une larme coulait, elle serait suivie par des milliers d'autres et qu'il n'arriverait pas à les retenir. Une vie de larmes refoulées qui ne demandaient qu'à s'écouler. Il lui fallait penser à autre chose. D'urgence. Il prit son téléphone et lança Apple Music. Une playlist s'afficha au hasard. Sans vraiment réfléchir, il lança la lecture. Il fallut quelques secondes à son cerveau, et les regards stupéfaits de ses amis, pour commencer à entendre la musique. Pas vraiment de circonstance, mais il s'agissait là d'un joli pied de nez. Sûrement un clin d'œil de Lisa, de là où elle se trouvait. Même si Nathan ne croyait pas à quoi que ce soit. *Libertine*, de Mylène Farmer. La jolie rousse que tout le monde aime avoir honte d'écouter. Nathan, en temps normal, aurait changé de playlist, de musique, mais finalement, il laissa la chanson se jouer. Michel regarda Mélanie, puis mima les paroles. Elle éclata d'un rire communicatif.

Voyant l'effet bénéfique sur son ami, Michel prit sur lui d'ajouter à ses mimes les pas de danse, bientôt accompagné par sa belle. Cela fit du bien à Nathan. Un petit moment hors du temps. La pression de la soirée tomba un peu. Un peu seulement, mais suffisamment pour que Nathan ait le sentiment que l'oxygène entre de nouveau dans ses poumons. Michel forçait le trait, les mouvements, et plus il le faisait, plus la chape de plomb semblait moins lourde à porter pour Nathan. Sans vraiment y penser, il commença à goûter son plat. Bon. Délicieux même. La musique et les pas de danse passèrent au second plan. Il prenait du plaisir à déguster. Il entra dans un monde gustatif. Entre deux temps. Mâchant lentement. Profitant de chaque bouchée. Découvrant des saveurs nouvelles. Il avait le sentiment de découvrir ce goût pour la première fois. Décidément, ça valait le coup de mettre du vin aussi cher dans cette recette de pâtes.

— Délicieuses, ces pâtes, Mélanie. Vraiment.

— Merci Nathan, je suis contente qu'elles te plaisent.

Nathan jeta un œil à Michel, qui s'était arrêté de danser, et qui désormais était assis sur le canapé, feuilletant un livre qui traînait sur la table du salon, son assiette déjà vidée et reposée. Nathan, tout à son plaisir, ne l'avait même pas vu s'asseoir, ni manger.

— Je me dépêche, Michel.

— Dépêche de quoi ? On a toute la nuit Nath, ne t'inquiète pas, Lisa va t'attendre, elle n'a pas d'autres rendez-vous cette nuit.

— Je sais, mais je ne vais pas te gâcher ta nuit.

— Nath, à cette heure-ci, j'aurais pu être avec une jolie brune à faire de bien jolies choses. Ne fais pas ta choquée Mélanie, tu es bien placée pour savoir que je n'ai pas fait vœu de chasteté... Bref, tout ça pour dire que ma nuit, Nath, elle est déjà bien loin de ce que j'avais prévu, donc prends ton temps... En attendant, je vais me rabattre sur la jolie rousse qui me fait les gros yeux.

Mélanie fit semblant d'être de mauvaise humeur et dit :

— Parce que tu crois que tu as la moindre chance ?

— Tu n'as pas toujours dit ça. Et puis tu sais que j'adore les défis...

Avec un sourire entendu, Mélanie se contenta de répliquer :

— Dans d'autres circonstances, je t'aurais dit « même pas cap ».

Nathan se leva, prit les clefs posées sur la table et affirma :

— Il n'est pas cap... Michel, je te remercie, vraiment, ça m'a fait du bien, mais là, je sais que je dois y aller seul.

— Seul ? Mais non Nath, personne ne doit s'infliger ça... même...

— Même pas moi ?

— Ce n'est pas ce que j'allais dire. J'allais dire, même quand on pense qu'on va y arriver.

— Je t'assure Michel, tout m'a fait du bien, les pâtes, la musique, la danse, toi... Et Mélanie bien sûr, mais je sais que c'est juste moi ce soir...

— Que les pâtes t'aient fait du bien, je comprends. La danse et le reste, je ne suis pas sûr de bien te suivre, mais ça fait bien longtemps que j'ai arrêté d'essayer de le faire... Écoute, je suis là si tu as besoin...

— Merci à tous les deux... Mélanie, ce moment m'a fait un bien fou. Michel, je te laisse la Mustang, tu la reconduiras à la maison. Je préfère y aller à pied.

Voulant faire un trait d'humour, il ajouta :

— Si tu décides d'emmener Mélanie au bord de la mer, tu n'oublieras pas de faire le plein.

Mais le regard que lui jeta son ami lui permit de comprendre que l'idée n'était finalement pas si fantasque que ça. Il lui fit un clin d'œil, prit ses affaires, puis quitta l'appartement. Rapidement dehors, l'air sur son visage lui procura le plus grand bien. Assez peu sûr de son sens de l'orientation, Nathan préféra définir sa destination sur son téléphone. Il en profiterait pour lancer une nouvelle playlist. Marcher en musique lui ferait du bien. L'application GPS lui indiquait dix-sept minutes de marche à travers les rues de Paris. C'était parfait. Une sorte de dernière balade avec Lisa. Il fallait que celle-ci soit parfaite. Comme tout ce qu'il faisait, évidemment, mais pour elle, encore plus. Il hésitait avant de commencer son chemin. Quelle playlist ? Quel type de musique ?
Ne pas tomber dans le mélo, ni dans le téléphoné. Pas de jazz, pas de chanson triste. En parlant de téléphoné... en voilà une bonne idée. Une idée qui aurait plu à Lisa. « Quelque chose en toi ne tourne pas rond... ». Il se mit en route. Il la vit presque à ses côtés, souriante, comme ils l'avaient fait tant de fois, marchant dans les rues de Paris. Elle ne souriait que lorsqu'ils étaient ensemble. Parfois même, il lui arrivait de faire des choses qui mettaient Nathan horriblement mal à l'aise. Comme par exemple se mettre à danser dans la rue. Elle se foutait du regard des passants. Enfin, c'est ce qu'elle lui disait, mais lui savait que c'était faux. Malgré tout, il se taisait. Son pas s'était calé sans qu'il s'en rende vraiment compte sur le rythme de la musique. Puis, il vit un banc public. Comme celui de la chanson de Brassens. En bois, vert, et en métal rouillé. Il eut envie de s'asseoir, de respirer, de ralentir le temps. De ne pas arriver trop vite. « Jolie petite histoire », enchaîna le titre suivant. Celle de

Lisa n'avait pas été jolie, sans aucun doute. Nathan avait assez vite compris qu'elle avait souffert. Les gens cassés de l'intérieur se reconnaissent assez vite entre eux. Membres d'un club VIP dont personne ne veut vraiment faire partie, mais dont la carte est valable à vie. Il n'avait pas posé de questions, mais nul besoin d'être Einstein. D'ailleurs, les autres élèves du lycée se faisaient un malin plaisir de rappeler à Lisa son histoire, son cauchemar. Alors un jour, sans même qu'il lui demande, elle avait raconté à Nathan son trauma. L'histoire classique d'une jolie jeune fille amoureuse du mauvais gars. Vu et revu. La gamine, un peu naïve, avait cru aux promesses de toujours, aux jolis mots doux, aux poèmes. Avec le recul, elle avait reconnu que les poèmes étaient mauvais, que les promesses ressemblaient aux dialogues des romans Harlequin qui traînaient dans la bibliothèque de sa tante célibataire et vieille fille, mais l'amour rend aveugle, dit-on. Et puis, un bad boy qui écrit des poèmes, c'est follement romantique, non ?

« Il ne fait pas froid si t'y crois ». En tout cas, elle y avait cru. Alors quand il lui avait proposé de passer la soirée chez lui, elle avait répondu oui. Quand il avait ajouté avec un sourire, « peut-être même la nuit », elle avait compris, elle avait rougi, mais elle avait déjà trouvé la bonne excuse à sortir à ses parents. Elle avait passé la journée à penser à cette soirée. Nathan serra les poings, tout en marchant plus vite. Elle avait choisi avec soin ses vêtements. Pas trop sage, mais pas trop sexy. Elle savait que cette soirée serait importante pour elle. Pour eux. Elle était même allée voler, comble du sexy, un ensemble de sous-vêtements à sa mère. Elle avait bien trouvé ça un peu malsain, mais n'avait que des ensemble Petit Bateau, et elle voulait qu'il la voie comme une femme, non comme une enfant. Alors elle avait balayé ses doutes. Mélange de minijupe et de Converse, et maquillage léger. Elle s'était trouvée jolie. Ça lui ne lui était pas arrivé souvent. En partant, sa mère lui avait même dit, l'air un peu suspicieux :

— Tu es bien jolie, pour une soirée pyjama chez une copine…

Lisa n'avait rien répondu, avait accéléré le pas, et claqué la porte derrière elle. Elle n'avait pas aimé le regard des hommes, des pères de famille sur elle, sur ses jambes, dans la rue, dans le bus. Mais elle savait que la soirée lui ferait tout oublier. Elle s'était demandé ce qu'il avait choisi de louer comme film pour la soirée. Peut-être *Dirty Dancing*. « On ne laisse pas Bébé dans un coin. » Qu'avait-il prévu de faire à dîner ? Elle s'imaginait bien qu'il n'était pas un grand cuisinier. En même temps, s'était-elle dit avec un sourire embarrassé, elle n'y allait pas pour manger. C'est sûr, elle était amoureuse. Elle avait de la chance d'être tombée sur lui, qu'il l'aime, qu'il la respecte.

Nathan décida de s'assoir sur un banc public. Il vit un couple passer devant lui. Ils semblaient amoureux. Encore. Depuis combien de temps étaient-ils ensemble ? La vie les avait-elle épargnés ? Nathan savait bien que non. Tout le monde vivait des drames. Lui, médecin, était bien placé pour le savoir.

« Quelque chose en toi ne tourne pas rond. » Elle se l'était souvent reproché. Elle aurait dû voir que quelque chose ne tournait pas rond chez lui, dans leur histoire. Elle s'était sentie coupable de ne rien avoir vu venir. Elle était arrivée en bas de l'immeuble, des papillons plein le ventre. Elle s'était même reproché d'arriver les mains vides. Vu l'heure, tout était fermé. Elle s'était insultée à voix basse. Quelle image aurait-il d'elle ? Une profiteuse ? Pourquoi n'était-elle pas venue avec un truc à manger ou à boire ?

Elle hésita à faire marche arrière, à retourner chez elle, elle aurait pu trouver une excuse le lendemain. N'importe quoi, pourvu qu'il ne pense pas du mal d'elle. Mais elle avait envie de cette soirée. Elle se sentait prête. C'était lui. Ridicule, dit comme ça, mais c'était lui. Aucun doute. Elle n'avait plus le choix. Elle avait alors poussé la lourde porte verte du vieil immeuble. L'odeur de l'humidité mélangée aux poubelles de l'immeubles lui monta à la gorge, alors elle accéléra le pas et monta rapidement les trois étages.

Elle s'était retrouvée devant la porte d'entrée. Le nom de famille était inscrit sur une étiquette d'écolier. Lisa s'était tue à ce moment-là de son récit, et Nathan n'avait rien dit. Elle avait repris :

— Tu sais, ces étiquettes qu'on utilisait sur nos cahiers d'école. Je me souviens encore de l'écriture d'enfant. J'avais trouvé ça mignon. Les lettres écrites comme au CP. J'avais la boule au ventre au moment de taper à la porte. Le pire, c'est que je trouvais cette sensation agréable. De l'autre côté de la porte, j'entendais la musique sourde. Le volume était fort, alors j'ai été obligée de taper une seconde fois pour qu'il entende. Et il est venu m'ouvrir.

De nouveau, silence de Lisa.

— Lisa, si tu ne veux pas me raconter, tu n'es pas obligée.

— Tu ne comprends pas, Nath... J'ai besoin de te raconter ce qui s'est vraiment passé. Je sais ce qui se dit au lycée.

— Je me fous de ce qu'il...

— Nath, j'ai besoin... Donc, il est venu m'ouvrir, et il m'a souri. Il est beau quand il sourit, Nath. Il a un sourire d'enfant, on a envie de lui faire confiance. En tout cas, je lui ai fait confiance. Je l'ai embrassé, et je l'ai suivi. J'aurais peut-être dû me méfier, mais...

— Tu ne pouvais pas savoir, Lisa...

— Si, j'aurais dû, Nath. En tout cas, quand je suis entrée dans le salon et que j'ai vu qu'on n'était pas seuls, j'aurais dû faire demi-tour. Mais il m'a pris dans ses bras. Il sait y faire. Il m'a dit des mots doux, je l'ai repoussé, mais il m'a dit des choses que j'avais envie d'entendre. J'étais déçue, je pensais à une soirée romantique et il y avait ses potes. Je lui ai dit que j'allais rentrer. Il m'a convaincue de rester, ils n'allaient pas tarder à partir. Il leur a dit, d'ailleurs. « Hein, les gars, vous n'allez pas tarder ? » Alors, je l'ai cru. Il m'a donné une bière. Je n'ai pas voulu passer pour une cruche. Oui, je sais, ça se dit plus « cruche », mais j'ai envie de dire ça. Alors j'ai pris sa bière. Puis une autre. Et je l'ai laissé m'embrasser. J'attendais que les autres s'en aillent. Et puis il a commencé à me peloter. Ça m'a gênée qu'il le fasse devant eux. Mais il n'arrêtait pas de me dire qu'on était dans le noir, qu'ils ne voyait rien.

Nathan fit semblant de ne pas voir les larmes qui commençaient à couler sur les joues de son amie.

— Je me suis énervée, Nath, je l'ai repoussé, je te jure que je l'ai repoussé. Mais il s'est emporté. Et puis... Et puis, il a dit... Je l'ai entendu dire... « Tenez-la, cette pute ! » Et là... j'ai essayé de partir. Je te jure, Nath... mais on aurait dit qu'ils n'attendaient que ça... Ils étaient tous sur moi. Ils ont déchiré mon pull, mon tee-shirt. Ils m'ont... Tous... Les uns après les autres. Bref, je ne vais pas te faire un dessin. Même si, tu le sais, je dessine plutôt pas mal.

— Tu crois que tu vas réussir à me faire rire ?

— Oh ! ça va, je ne suis pas morte non plus... En même temps, j'aurais préféré, je crois. Tu sais ce qui est le pire ?

Le pire, c'est après. Quand il a fallu que je rentre avec mon pull déchiré et mon maquillage qui avait coulé. Dans le métro, tout le monde a fait semblant de ne rien voir. Si, pardon, y a un vieux qui m'a regardé, il était limite excité... Mais les autres, ils regardaient ailleurs... Remarque, non. Le pire, c'est le lycée, quand ils ont fait courir le bruit que j'avais fait ça en étant d'accord. Je suis devenue la pute du lycée. Même pas celle qui avait couché, non, celle qui avait fait ça avec plusieurs en même temps. Tout le monde m'a tourné le dos. Enfin non, pas tout le monde, y a plein de mecs qui sont venus me voir pour me demander si je voulais coucher avec eux... Comme ça, sans dire bonjour, sans rien.

— Lisa, je suis dé...

— Nath, ne t'avise pas de me dire que tu es désolé, je ne veux pas de ta pitié...

— Oui, bon, de ça aussi, je suis dé...

— Nath ! Ta gueule et prends-moi dans tes bras.

Seul sur son banc, Nathan se rendit compte à quel point il aurait aimé la prendre encore dans ses bras. Il se leva pour reprendre son chemin vers l'hôpital. Il avait conscience que l'adieu avait eu lieu il y a bien longtemps. Mais la nuit s'annonçait tout de même difficile.

« La vie n'est ajournée, que si la mort lui nuit ». La mort était son quotidien. Mais ce soir-là, la vie lui manquait. Nathan s'approcha enfin de son lieu de travail, mais son arrivée avait un goût particulier. Il lui fallait, aujourd'hui plus que jamais, composer. Faire semblant. Ne rien montrer. Il savait que personne ne le comprenait parmi ses collègues. Il n'en avait cure. Tant qu'ils faisaient leur travail. Comprenez, tant qu'ils faisaient ce qu'il leur demandait de faire. Il passa la porte, en arrêtant la musique, et la lumière froide, blanche, lui fit mal aux yeux. L'infirmière de l'accueil lui fit un geste de la tête, à peine étonnée de le croiser dans une telle tenue. Elle, elle l'avait vu bien moins habillé. Leurs rapports, après leur histoire, étaient restés cordiaux, professionnels. Bien loin des stéréotypes de l'amante délaissée. Parfois même, ils dînaient ensemble. Sans rien de plus. Nathan la trouvait intéressante, limite touchante. Un mini strabisme rendait son regard fascinant. Il s'approcha d'elle. Elle prit la parole en premier.

— Nathan, j'ai appris, je suis désolée.

— Merci. Tu sais si elle est déjà en bas ?

— Oui, mais ils l'ont mise dans une pièce spéciale... pour toi.

— Service VIP ? Sympa, ça.

— Si tu as besoin de quoi que ce soit...

— C'est gentil, vraiment, mais je crois que ça ira.

Nathan se dirigea vers les ascenseurs, fit une pause, puis demi-tour, et revint vers elle.

— Tu sais que... Enfin, ce que je veux dire, c'est que tu sais que je n'ai jamais fait semblant.

Elle le regarda sans un mot, un peu choquée. Elle quitta sa place et se positionna face à Nathan, sans toutefois faire l'erreur de le toucher. Il la remercia en silence pour cela.

— Je sais, Nathan. Et c'est pour ça que je t'ai toujours respecté. Je savais ce que tu cherchais. Et c'était la même chose que moi.

Comme s'il avait reçu une autorisation qu'il n'avait pourtant pas demandée, Nathan retourna vers les ascenseurs. Les portes s'ouvrirent assez rapidement, et il entra accompagné d'un vieil homme aux yeux rougis. Apparemment, lui aussi avait perdu un être cher, et ils allaient au même endroit. La musique insipide de l'ascenseur n'empêcha pas le vieil homme de battre la mesure avec son pied droit. Un réflexe sûrement, se dit Nathan. Il regarda les numéros défiler.

— Vous aussi, vous allez au funérarium ? demanda l'homme.

— Oui. Je suis désolé pour votre perte, monsieur, répondit un peu rapidement, presque de manière automatique, Nathan, comme il l'avait fait de trop nombreuses fois en tant que médecin.

L'homme débita d'un seul trait, sans même respirer, comme s'il attendait un interlocuteur depuis longtemps.

— Appelez-moi Gaston. Merci. C'est arrivé si vite. Oh ! je sais, on est vieux, on se dit que ça va arriver, mais quand ça arrive... Ce matin, on était au Louvre tous les deux, et ce soir, je suis là, tout seul. Vous avez perdu votre femme ?

Les portes s'ouvrirent, permettant à Nathan de partir sans avoir à répondre. Il se dirigea directement sur sa droite. Il savait où aller. Il avait arpenté ces couloirs tant de fois, mais jamais de ce côté-là de la ligne. Et la différence était douloureuse.
Tous les collègues qu'il croisait n'osaient pas lui dire un mot, mais tous avaient un regard compatissant. Tout ce qu'il détestait. Arrivé devant la pièce où reposait son amie, Nathan marqua une pause. Devait-il d'abord aller la voir, ou s'occuper de la paperasse ? Il l'avait dit à Michel, tout était prêt. Depuis longtemps. Il avait tenu à tout organiser. Jusqu'au choix de la pierre tombale. La mère de Lisa ne s'était pas fait prier pour qu'il s'en occupe. À

vrai dire, elle n'avait même pas fait semblant de proposer de s'en occuper. Il l'avait vue attendre l'arrivée du père de sa fille à l'hôpital, utilisant cette « excuse » pour le croiser de nouveau. Nathan n'avait pas été étonné de voir les visites de la mère de Lisa s'espacer peu à peu, jusqu'à ne plus venir du tout. Nathan se rendit compte soudainement qu'il ne l'avait même pas avertie. Il demanderait à une secrétaire de le faire. Demain.

Il décida de commencer par la paperasse. Lisa ne lui en voudrait pas de la faire attendre encore un peu. Il fit volte-face et croisa Gaston qui marchait lentement pour rejoindre sa femme décédée. Il se dirigea de nouveau vers l'ascenseur. Il savait que le dossier était dans son bureau. C'est donc sur le bouton du quatrième étage qu'il appuya, rassuré d'être seul, cette fois-ci.

# CHAPITRE 6

*Filet dans un journal*

Fait Divers

Un élève en première année de médecine a réussi à donner l'alerte grâce à son Tam-Tam, ce boîtier qui permet de recevoir un numéro de téléphone ou un court message par radiomessagerie. Heureux (et riche) possesseur d'un Tam-Tam, donc, Nathan G., étudiant en première année de médecine, alerté par le message d'une de ses amies, a pu contacter les services de secours.

Les pompiers ont ainsi pu intervenir dans des délais raisonnables. La victime, néanmoins, ayant ingéré un nombre important de somnifères, se trouve dans le coma. Son pronostic vital reste engagé.

# CHAPITRE 7

Nathan regardait le dossier sans oser l'ouvrir. Il l'avait tant de fois parcouru qu'il le connaissait par cœur. Il avait le sentiment qu'une fois ces formalités faites, Lisa partirait pour de bon. Il savait que c'était idiot, mais qui ne l'est pas dans ces moments-là ? Autant faire au plus vite, un peu comme un sparadrap qu'on retire d'un coup sec.
Il ajouta la date, signa les documents et les envoya à l'entreprise de pompes funèbres. Maintenant, il fallait faire le plus dur. Aller la voir. Enfin, voir ce qu'il restait d'elle. Il n'avait pas envie de vivre encore un moment de discussion gênante comme plus tôt dans l'ascenseur. Pour être tranquille, il décida de mettre les écouteurs hors de prix et surtout très encombrants qu'il portait toujours avant une opération à risque. Leur fonction anti-bruit, couplée à ses playlists très étudiées, lui permettait de se détendre. Mais ce soir-là, ils serviraient surtout de panneau « ne pas déranger ». Quant à la musique, il écouterait ce qui viendrait. Marchant dans le couloir en direction de l'ascenseur, il se rendit compte que comme souvent, ses pas, de manière totalement inconsciente, avaient pris le rythme de ce qu'il écoutait. Un titre joyeux de Lionel Richie. Tellement en décalage avec son humeur... Mais au moins, il avait eu le mérite d'accélérer son pas. Le but initial de son casque audio fut atteint. Les gens qu'il croisait, collègues ou non, ne tentaient même

pas de lui parler, ou d'esquisser un geste compatissant. Il marchait, en rythme, un peu amusé, autant qu'il le pouvait au vu de la situation, de voir tout le monde synchronisé à sa musique. Rien de flagrant évidemment, mais il aurait pu se croire dans un clip dont le réalisateur, assez mauvais, n'aurait pas de message à faire passer. Nathan n'avait pas envie d'attendre l'ascenseur, ni de prendre le risque d'être accompagné, il décida donc de descendre par l'escalier. Après un étage, perdu dans ses pensées, il ne vit pas la forme noire qui bloquait le passage et il manqua de peu de tomber.

— Vous ne pouvez pas faire attention ? s'énerva-t-il.

— Faire attention ? Non mais vous déconnez ? C'est vous qui me rentrez dedans !

Nathan voulut répondre, crier, mais les mots n'arrivaient pas à sortir. La « forme » était une jeune femme. Son mascara avait coulé, elle avait pleuré. Rien de très original, dans un hôpital, se dit-il.

— Écoutez, je suis navré, je ne vous avais pas vue, j'étais trop dans mes pensées.

Elle soutint son regard sans rien répondre. Nathan n'aimait pas le silence. Il ajouta presque malgré lui :

— Je viens de m'excuser, vous pourriez répondre quelque chose...

— Vous excuser de quoi, exactement ? De m'être rentré dedans ou de m'avoir envoyé chier alors que je ne n'y suis pour rien ?

— De... Bon, écoutez, je n'ai pas de temps à perdre, bonne soirée !

— Oh ! là là, vous, vous êtes médecin. Chirurgien, je parie !

— Heu... oui, mais comment...

— Facile, faut au moins être chirurgien pour être aussi hautain.

— Je... Non, mais vous pensez que je vais me laisser insulter comme ça ?

Nathan était hors de lui, mais quelque part, il savait qu'elle avait raison. Elle avait toutes les raisons d'être en colère, il était en tort. D'un seul coup, il fit redescendre la pression.

— Bon, vous avez raison. Doublement raison. Je suis vraiment navré. Cela n'excuse en rien la situation, mais j'ai perdu une amie chère ce soir, et j'avoue que je ne suis plus vraiment moi-même.

La jeune femme sourit et Nathan se reprocha intérieurement de la trouver décidément très jolie. Ni l'endroit, ni le moment, pensa-t-il.

— Un médecin qui reconnaît ses erreurs... Voilà quelque chose d'original. Je m'appelle Elisabeth.

— Docteur Nathan Guérin.

Son sourire se transforma en éclat de rire.

— Finalement, pas si original que ça. Pourquoi un docteur quand il se présente, se sent toujours obligé d'ajouter son titre avant ?

— Je... je ne sais pas, j'imagine que c'est une habitude, surtout quand je suis à l'hôpital. Mais vous avez raison, je reprends. Je m'appelle Nathan.

— Je suis désolée.

— Parce que je m'appelle Nathan ? D'habitude, on me dit que c'est plutôt joli comme prénom.

— Non, vous êtes bête, je suis désolée pour votre amie.

— Oui, moi aussi, merci. J'étais en train de descendre au funérarium pour aller la voir.

— Je comprends... Ça explique le côté tête en l'air.

Nathan ne répondit rien. Elle ajouta.

— Vous savez, ce n'est pas original.

— Original ?

— Ben oui, les histoires qui commencent par une embrouille, une dispute, ce n'est pas original. En revanche, la rencontre autour d'une meilleure amie décédée, ça, ça l'est. Je vous accompagne ?

Nathan, choqué, ne sut que répondre.

— Oui, ajouta-t-elle, je sais, je suis trop directe, sans filtre, tout le monde me le reproche. Vous avez le droit de me dire non, vous savez ?

— Oui, je sais bien, je n'ai pas pour habitude de faire des choses que je n'ai pas envie de faire, mais là... j'avoue que vous me prenez de court. D'ailleurs, vous n'accompagnez pas quelqu'un ? Il ou elle ne va pas s'inquiéter de ne pas vous voir ?

— Si, une amie, là pour une chimio... elle est en soin en ce moment, je suis venue me réfugier dans l'escalier, car je fais la forte devant elle, mais j'ai bien vu les regards des infirmières.

— Ce n'est jamais perdu, la médecine a fait d'énormes progrès, et il faut...

— Nathan, je n'ai pas besoin du baratin des médecins. J'ai juste eu un moment de craquage, et je ne voulais pas qu'elle le voit. Elle en a pour un moment. Je lui envoie un SMS. Elle comprendra. Enfin, si vous voulez que je vienne avec vous, bien sûr.

— Tant que Michel n'est pas au courant...

— Michel ?

— C'est une longue histoire, un ami à qui j'ai dit que j'avais besoin d'y aller tout seul, et qui pourrait bien me faire une crise de jalousie.

— Ah, mais moi je ne suis pas une amie, ça compte pas. Attendez, j'envoie le SMS.

Elle pianota quelques mots sur son téléphone, puis demanda :

— Craquant, c'est « qu », n'est-ce pas ?

— Pardon ?

— Non, je sais bien comment s'écrit craquant, mais je voulais juste vous faire savoir de manière subtile que j'avais écrit à mon amie que j'allais faire un tour avec un médecin craquant.

— Dites donc, on dirait bien que la subtilité et vous, ce n'est pas vraiment compatible...

Là encore, le rire d'Elisabeth fit du bien à Nathan. Il prit le temps de la regarder. Non, de l'observer. Elle portait des santiags en daim marron et un jean troué qui mettait en valeur ses cuisses très fines. Son tee-shirt Levi's devait dater, car le rouge du logo était tout délavé. Elle devait avoir dans les trente-cinq ans et ressemblait à s'y méprendre à Meg Ryan dans le film *Quand Harry rencontre Sally*. Nathan la trouva belle. Non plus jolie, mais belle. Différence notable.

— Elle m'a répondu. Je l'adore. J'adore son humour.

— Qu'a-t-elle dit ?

— « Je sais que tu donnes de ta personne pour me sauver la vie, mais vérifie d'abord qu'il soit cancérologue... »

— Je ne suis pas cancérologue.

— Et il me dit qu'il ne l'est pas... Exceptionnel...

Nathan ne sut quoi répondre. Il haussa les épaules et continua de descendre les marches, presque rassuré d'entendre Elisabeth le suivre. Il savait que les moments qu'il allait vivre seraient difficiles. Personne n'est vraiment prêt à la mort. Il l'avait vue tellement de fois dans sa carrière. Il avait tellement de fois dû annoncer le pire. Il savait qu'en entrant dans cette pièce, la théorie deviendrait réelle. Il n'avait jamais réussi à enfouir la douleur et l'injustice qui avaient suivi le jour où Lisa avait pris ces pilules. Il s'était senti coupable, bien sûr. Comment n'avait-il pas été capable de prévoir, de prévenir ? Il savait qu'elle souffrait. Il avait tenté de l'accompagner au commissariat pour porter plainte. Il l'avait convaincue après ses confidences sur l'impensable. Il lui avait dit que le viol était un crime. Que ce qu'elle vivait au quotidien au lycée aussi. Lisa savait que ça ne servirait à rien. Elle lui avait dit qu'elle était allée voir le proviseur. Qu'il avait fait semblant de l'écouter, mais que rien n'avait changé. Il n'avait pas été étonné quand elle lui avait affirmé avoir senti qu'il ne l'avait pas vraiment crue. Il lui avait dit, à demi-mots, qu'elle n'était pas sans responsabilité dans cette affaire. Il avait utilisé le mot

« affaire ». Alors qu'il s'agissait d'un drame. Les mots sont importants, et les adultes devraient le savoir. Surtout lorsqu'ils ont des adolescents sous leur responsabilité. Mais le pire était à venir. Au commissariat. Nathan avait foi dans le système, à l'époque. Et pourtant, il n'avait pas foi en grand-chose. Il avait même été optimiste en voyant qu'ils étaient reçus par une femme. Il était sûr qu'elle ferait preuve d'empathie. Mais ça avait été tout le contraire. Elle avait été froide. Distante. Cassante.

— Donc un mec vous dit de passer la soirée chez lui, et vous ne voyez rien venir ? Vous y allez seule ?

— Ben, je pensais qu'on allait passer une soirée en amoureux.

— En amoureux ? Bon, imaginons que ça soit le cas, quand vous entrez, et vous voyez que des mecs. Il faut vous faire un dessin ?

Nathan s'était senti obligé d'intervenir.

— Il lui a dit qu'ils allaient partir.

— Vous étiez là ? Non, alors vous vous taisez. Je suis déjà sympa de vous laisser assister au dépôt de plainte.

Nathan n'avait pas compris l'agressivité de la policière. Il ne la comprenait toujours pas, du reste. Lisa n'avait pas ajouté un mot de plus, elle avait pris Nathan par la main, s'était levée et ils avaient quitté le commissariat. Aujourd'hui, ce genre de plainte est un peu plus prise au sérieux, selon l'endroit et la personne, mais à l'époque... les victimes n'étaient pas reconnues en tant que tel.

Nathan et Elisabeth étaient arrivés devant la porte de la salle où reposait Lisa. En tout cas, c'est ce qu'espérait Nathan. Qu'elle soit enfin en paix. Il n'arrivait pas à sauter le pas et à ouvrir la porte. Il se contentait d'observer la poignée sans se résoudre à tendre la main. Il resta là, immobile, pendant un bon moment. Puis, il sentit qu'Elisabeth s'approchait de lui.

— J'ai terriblement envie de vous tenir la main, mais j'ai peur que vous le preniez mal, murmura-t-elle.

Nathan ne répondit rien. Il acquiesça légèrement. Il se rendit compte que lui aussi aimerait cela. Encore plus quand il sentit la main fraiche et douce d'Elisabeth, un peu tremblante, se faufiler dans la sienne. Il profita de cette force supplémentaire, et d'un geste sûr, il ouvrit la porte.
Le froid fut la première sensation. Sur son corps, bien sûr, mais surtout à l'intérieur. De voir le lit funéraire posé au milieu de la pièce. Son amie reposait sur le lit métallique, son corps tout entier recouvert d'un drap blanc. Seul son visage était découvert.

— Vous avez remarqué combien les personnes décédées ont le visage dur ?

Elisabeth avait parlé et sa voix résonnait dans la pièce.

— Pardon ?

Nathan ne savait pas quoi répondre.

— J'ai toujours trouvé que les personnes décédées avaient un visage dur. Froid. Non, ne vous moquez pas. Ce que je veux dire, c'est que la vie leur donne une humanité qui disparaît avec la mort. Elles ont presque l'air en colère.

— Et vous en avez vu beaucoup, des corps, pour pouvoir en déduire une telle chose ?

— Oh ! ça va, je sais que c'est un lieu commun. On en voit toujours trop des morts dans une vie. Ce que je veux dire, c'est que quand on est vivant, le visage a un petit truc en plus qui... Bon, d'accord, c'est idiot. Je voulais meubler, combler le silence et essayer de vous faire sourire. C'est raté. C'était votre petite amie ?

— Non, ma meilleure amie. Elle s'est battue longtemps, mais ce soir...

— Cancer ?

Elisabeth demanda cela un peu effrayée, comme si elle projetait le sort qui attendait son amie.

— Non. Je ne sais pas si on peut considérer cela comme une maladie. Une dépression qui s'est terminée en suicide. Vous en pensez quoi, vous ?

Le silence répondit à sa question. Puis Nathan reprit.

— Vous ne répondez pas. C'est déjà une réponse. Je ne suis pas loin de penser comme vous.

— Ça m'étonnerait.

Elisabeth était cassante. Nathan s'étonna.

— Pardon ?

— Je dis que ça m'étonnerait. On sent que vous êtes en colère quand vous en parlez, et je peux le comprendre, mais évidemment que la dépression est une maladie.

Elisabeth s'approcha de Lisa.

— Je sens qu'elle a beaucoup compté pour vous. Je pense que c'est une erreur que je sois là. Vous avez besoin de lui parler. De vous parler. De lui dire au revoir.

Nathan, bien qu'il n'ait pas envie qu'elle s'en aille, savait qu'elle avait raison. Elle ajouta :

— Je vous attends devant ? Prenez votre temps.

— Merci.

En sortant, elle s'arrêta à la droite de Nathan. Elle lui fit une bise sur la joue, puis elle sortit en prenant soin de fermer la porte derrière elle. Nathan était désormais seul avec son amie. Mais il avait le sentiment un peu diffus que pour la première fois depuis bien longtemps, il ne l'était plus.

# CHAPITRE 8

— Seule. Je suis toute seule maintenant.

La mère de Lisa était en larmes, entourée par les pompiers et par les policiers en uniforme. Nathan venait d'arriver de l'université. Il attendait dans un coin. Personne n'avait encore pris la peine de lui dire quelle était la situation. Il avait bien essayé de se renseigner, mais un policier lui avait demandé, un peu agacé, d'attendre à l'écart. En entendant la mère de Lisa, Nathan avait compris que c'était grave, qu'il n'avait pas été assez rapide. Il se rendait bien compte qu'il ne servait à rien de se sentir coupable, mais il n'y pouvait rien. Lorsqu'il avait entendu, au loin, le mot coma, il avait senti comme une plaque de fonte tomber sur lui. Il n'était pas de nature optimiste, et même s'il n'était qu'en première année, il savait que les connaissances médicales étaient beaucoup trop légères pour pouvoir faire la moindre estimation de ce que serait l'avenir. D'ailleurs comme pour appuyer son propos, il entendit le pompier dire à la mère de Lisa :

— Il est trop tôt pour pouvoir faire un pronostic, madame, tout ce que nous pouvons vous dire c'est que les prochaines heures seront critiques. Je suis désolé.

Critique. Voilà un mot que Nathan se promettait de ne jamais prononcer lorsqu'il serait médecin. Il prit son walkman Sony, mit ses écouteurs en mousse sur ses oreilles. La cassette qui était à l'intérieur, c'est Lisa qui lui avait donnée. Il n'avait plus rien à faire là, il valait mieux qu'il rentre pour réviser. Il savait bien qu'il ne pourrait pas aider son amie. Il en aiderait d'autres. Il serait médecin aux urgences d'un hôpital. Voilà ce qu'il ferait de sa vie.

# CHAPITRE 9

Lorsqu'il sortit de la chambre réfrigérée, Nathan fut presque rassuré de ne pas voir Elisabeth. Et un peu déçu, aussi. Il n'avait pas moyen de la recontacter. Il n'était pas resté longtemps. Il n'était pas croyant, il savait que ce qu'il avait vu dans cette pièce froide n'était pas son amie. Elle était partie depuis bien longtemps. Ce qui était resté, c'est une mécanique qui tentait de fonctionner tant bien que mal, mais le plus important, ce que certains, toujours en quête de sens, appelaient l'âme, était partie ou était enfouie depuis bien longtemps. Il était presque libéré d'un poids. Il s'en voulut instantanément d'une telle pensée. Et encore plus d'entendre au fin fond de son esprit la chanson d'un dessin animé pour gosses sur une reine des neiges. Chanson agaçante, et qui évidemment, une fois écoutée, restait dans la tête.

— Vous n'êtes pas resté longtemps… Vous pensiez partir sans moi ?

Nathan tourna la tête pour voir Elisabeth arriver avec deux gobelets fumants.

— J'ose espérer que les médecins de cet hôpital ont accès à des machines à café de meilleure qualité, mais je me suis dit qu'un truc chaud vous ferait du bien.

Nathan prit le jus de chaussette avec un sourire reconnaissant. Il se brûla presque dès la première gorgée, mais cela lui fit du bien.

— Merci beaucoup pour cette attention, Elisabeth. Effectivement, nous avons d'autres machines à café. Bon, moi c'est différent, je me suis acheté une machine que j'ai mise dans mon bureau.

— Amateur ?

— Non, asocial.

Elisabeth éclata de rire.

— Bon et donc ce soir, vous avez envie de compagnie ou d'être seul ?

— D'être seul, je crois.

Masquant assez bien sa déception, Elisabeth esquissa un sourire, puis dit :

— Oui, c'est compréhensible, c'est une soirée...

Mais elle n'eut pas le temps de finir sa phrase que Nathan ajouta :

— Mais seul avec vous.

Le regard bleu d'Elisabeth pétilla. Elle ne prononça pas un mot. Simplement un hochement de tête. Nathan se sentit obligé de préciser :

— On prend l'air, pas trop loin de l'hôpital, comme ça quand votre amie aura terminé, vous serez à côté.

— Gentleman, le docteur.

— Si vous saviez combien ce n'est pas le cas...

Elisabeth sembla vouloir le contredire, mais il ne lui laissa pas le temps.

— Venez, on va passer par l'entrée de service. Ça permet d'aller plus vite.

— Et de ne croiser personne ?

— On ne peut rien vous cacher.

La double porte d'acier n'était pas loin. Un camion des services funéraires de la ville attendait là, garé. Le chauffeur fumait sa cigarette en pleine discussion avec une aide-soignante qui semblait épuisée.

Les dépassant, Nathan leur fit un signe de tête, ce qui sembla étonner la jeune femme. Nathan vit le regard que lui jeta Elisabeth :

— Quand je travaille, je suis poli, mais pas très avenant... Je suis plutôt concentré sur ce que je fais, je n'ai pas le temps pour les politesses.

— Oh ! mais ne vous sentez pas obligé de vous justifier.

Nathan semblait piqué au vif.

— Je ne me justifie pas, j'explique.

— Oui, et souvent, quand on insiste, c'est qu'on essaye de se justifier...

Nathan se rendit compte qu'elle avait raison.

— Vous avez peut-être raison.

— Un médecin qui me donne raison deux fois de suite dans la même soirée... C'est mon soir de chance.

— Surtout si c'est le docteur Guérin !

— Et en plus, il a de l'humour.

Cette discussion faisait du bien à Nathan. Elisabeth faisait du bien à Nathan. Il aurait eu envie de la remercier pour cela, mais n'osa pas. Comme si elle avait lu dans ses pensées, elle souffla :

— Il n'y a pas de quoi.

Sans lui laisser le temps de réagir, elle ajouta :

— C'est quoi ce bruit qu'on entend au loin ?

— Sûrement le stade de foot.

— De foot ? Mais ce qu'on entend, c'est de la musique. Ça vous dit qu'on aille voir ?

— Je n'ai rien d'autre à faire de la soirée.

— Drôle et romantique... Docteur, vous me gâtez !

Nathan se sentit embarrassé, mais n'eut pas le temps de réagir. Elisabeth le prit par la main et accéléra le pas en direction de la musique. Celle-ci venait en effet du stade de foot voisin. La foule qui s'y pressait ne permettait pas de voir ce qui se passait. Seule la musique disco qui s'en échappait et les réactions des spectateurs permettaient de supposer qu'une soirée spéciale s'y déroulait. La curiosité de Nathan était piquée au vif, mais apparemment pas autant que celle d'Elisabeth. Celle-ci lui arracha littéralement le bras en essayant de se faufiler parmi la foule pour se rapprocher du grillage et ainsi apercevoir le spectacle.
Nathan avait l'impression de se retrouver dans une boîte de nuit en plein air. Les chansons, les gens qui dansaient, les rires aussi... Nathan s'attendait à voir au centre du stade un DJ déchaîné, ayant néanmoins, et c'était suffisamment rare pour le souligner, de bons goûts

musicaux. En tout cas, rien ne le préparait à ce qu'il allait découvrir.

— C'est quoi ce bordel ?

Il n'eut pas d'autres mots. Car c'est bien de cela qu'il s'agissait. D'un joyeux bordel. Des joueurs et joueuses de football, au milieu du terrain, faisaient semblant de jouer en faisant de mauvais, voire très mauvais pas de danse. Seul le ballon de football (réglementaire, semblait-il) et les maillots en faisaient des joueurs. Les shorts, quant à eux, brillants, moulants, et les mouvements d'entrechats, de grands écarts et de tangos entre joueurs d'équipes adverses, avaient de quoi déstabiliser. Elisabeth semblait savoir de quoi il s'agissait et se montrait extrêmement enthousiaste.

— Du disco-foot ! C'est génial !

— Du disco quoi ?

— Du disco-foot ! Non mais sérieusement, en dehors de la médecine, vous sortez un peu ?

Nathan ne sut que répondre. Il regardait, complétement désarçonné, à la fois le spectacle qui s'offrait à lui, mais aussi la foule de spectateurs qui semblaient prendre du plaisir. Il ne put s'empêcher de demander :

— Vous voulez dire que ce « truc » est organisé ?

Il avait essayé de ne pas mettre de dégoût dans le mot « truc », mais apparemment, pas suffisamment pour Elisabeth. Elle éclata de rire.

— Ah ça, c'est sûr que ce « truc », comme vous dites, ça ne rentre pas dans vos petites cases bien établies.

— Vous êtes sérieuse ? Mais ça n'a pas de sens ! Y a pas d'enjeu dans ce truc, regardez comme ils sont ridicules, ils ne jouent pas vraiment !

— Nathan... évidemment que ça n'a pas de sens, c'est ça qui est fun ! Et puis, ce n'est pas plus idiot que de devoir mettre un ballon dans une cage en fer. Le ridicule, c'est celui qui regarde qui le définit ! Ce sont de vrais danseurs ! Enlevez le ballon et mettez ces danseurs à l'Opéra et là, le docteur Guérin criera au génie et sera heureux d'avoir payé son abonnement annuel...

Nathan voulut répondre, puis de nouveau, regarda les « joueurs » qui, il fallait bien le reconnaître, étaient de vrais bons danseurs. Pas très orthodoxes, il est vrai, mais les gestes étaient beaux. Il eut même envie de hurler « BUT ! » lorsque le ballon passa à côté du gardien et arrêta sa course dans les filets. Mais un silence se fit dans le stade. La musique même s'était arrêtée. Nathan et Elisabeth regardèrent autour d'eux sans vraiment comprendre. Les deux équipes se placèrent face à face, sans un mot. Était-ce ainsi que se faisaient les remises de jeu ? Celle-ci semblait prendre du temps, jusqu'à ce que la musique reprenne avec un tonitruant « YOUNG MAN ». Alors, en rythme et dans une parfaite synchronisation, les deux équipes se mirent à danser sur le classique disco *YMCA*, bientôt rejointes par une foule hilare que Nathan observait sans vraiment comprendre. Elisabeth ne ratait pas un seul geste.

« There's no need to be unhappy. »

Elle le regarda droit dans les yeux en chantant ces paroles, comme si elle voulait lui faire passer un message. Une larme coula sur la joue de Nathan, suivie soudainement par un torrent d'autres. Seule la main d'Elisabeth sur sa pommette l'apaisa. Elle s'approcha doucement et essuya une larme salée qui s'était logée au coin de ses lèvres. Elle approcha encore un peu plus son visage, comme une offrande à Nathan. Celui-ci ne bougea pas. Elle sourit.

— Si tu penses que ça va m'arrêter...

Et elle l'embrassa. Nathan eut l'impression d'embrasser quelqu'un pour la première fois. Que la musique s'était arrêtée. Qu'ils étaient seuls dans ce stade pourtant bondé. Elle mit sa main derrière sa tête en l'embrassant et il trouva cela réconfortant. Contrairement à ce qu'il avait pu ressentir, ce moment avait dû durer longtemps, car lorsqu'il ouvrit de nouveau les yeux, le stade s'était presque vidé. Restait un groupe de jeunes jouant une partie tout ce qu'il y a de plus classique. Nathan admira même un instant leur style, peu académique, mais efficace. Elisabeth, après avoir jeté un œil à son téléphone, annonça :

— Elle a fini sa chimio, il faut que j'y aille, au moins pour la ramener chez elle... T'as envie qu'on se revoie ?

Nathan savait qu'il ne fallait pas répondre trop vite, qu'il ne fallait pas se précipiter, que dans ces cas-là, plus on est détaché, plus les gens s'attachent... Mais ce fut plus fort que lui.

— Oui... Ce soir ? Je veux dire, après que tu l'aies déposée ?

— Il est tard, mais oui, pourquoi pas.

Un « pourquoi pas » ne lui suffisait pas. Il était déçu. Son naturel reprit le dessus. Il dit un peu sèchement :

— Tu as raison, il est tard, laissons tomber, on se verra un autre jour...

— Oh ! il est mignon quand il se vexe... Mais il ne faut pas prendre la mouche, docteur, c'est juste qu'à partir d'une certaine heure, tout est fermé... Mais j'en ai très envie, moi aussi... Allez fais-moi disparaître cette petite contracture entre tes sourcils... Détends-toi... Je vais vite ramener Élodie chez elle, et je reviens... Ça te laisse tout le temps de trouver un endroit où aller se poser.

Elle ne lui laissa pas le temps de réagir et partit en courant en direction de l'hôpital, non sans lui déposer un baiser sucré qui lui fit, là encore, énormément de bien.

En la regardant s'éloigner, Nathan prit son mobile, ouvrit l'application de messagerie et vit que son ami lui avait envoyé plusieurs messages. Les derniers étaient visiblement inquiets. Il l'appela. Comme à son habitude, Nathan prit cela avec humour :

— Allô, maman ?

— Ah ! tu es vivant, finalement !

Michel semblait rassuré.

— Oui, désolé, je n'avais pas vu tes messages... Tu es rentré chez toi ?

— Non, je suis encore chez Mélanie, on boit un dernier verre... Nathan, comment tu vas, comment tu te sens ? Tu veux que je vienne te chercher ?

— Michel, ce n'est pas comme si c'était une surprise. Ça va. Je suis allé faire un petit tour après.

— Tu rentres chez toi, là ?

— Non, je ne pense pas. Non, en fait, j'ai envie d'aller voir la mer.

— Tu as envie de quoi ?

— J'ai tout un tas de jours de congé à prendre. Et l'enterrement ne sera pas pour tout de suite... au moins deux ou trois jours. J'ai envie d'aller voir la mer.

— Super ! Le temps de prendre un maillot et j'arrive.

— Michel, j'ai pas dit « j'ai envie qu'on aille voir la mer »... J'ai dit que je voulais y aller.

— C'est ta notion de la diplomatie, Nathan ? Non, parce que là, tu viens de briser mon petit cœur.

Nathan sourit presque malgré lui et son ami ajouta, beaucoup plus sérieusement :

— Écoute, je ne suis pas sûr que ça soit une bonne idée que tu sois tout seul. Tu vis un moment pas simple, tu es certain que tu ne veux pas qu'on parte ensemble ? Un road trip hollywoodien ? Le mélo en moins, évidemment.

— Non, je t'assure... Ne t'inquiète pas maman, j'ai mon téléphone et je t'écrirai en arrivant... Par contre, je ne suis pas contre l'idée que tu me ramènes la voiture. Je te laisse t'habiller et me déposer Christine ? Et tu serais un chou de me faire le plein.

— Un chou ? Et qui te dit que j'ai besoin de me rhabiller ? Franchement, l'image que tu...

Mais Nathan avait déjà raccroché. Il fallait qu'il envoie un mail à l'administration de l'hôpital. Il savait que cette décision allait les mettre dans l'embarras, mais il en avait besoin. Si Elisabeth acceptait de venir avec lui, ça serait un plus. Un réel plus, il fallait le reconnaître, mais il partirait dans tous les cas. Il avait quelques affaires de rechange à l'hôpital dans son bureau. Pour le reste, il achèterait sur place. Sa situation professionnelle avait au moins cela comme avantage : la possibilité d'acheter ce dont il avait besoin quand il en avait besoin. Et c'était ça, le vrai luxe. Pas une montre hors de prix, ni même une chemise avec un gars sur un cheval. Il prit la direction de l'hôpital tout en installant sur son téléphone une application de location d'appartement de courte durée. Là encore, il apprécia le luxe d'avoir cette possibilité ce choix. Il savait quelle serait sa destination. Et si tout s'organisait bien, il pourrait prendre son petit déjeuner au bord de la Manche. Il salivait presque en imaginant le goût du croissant trempé dans le chocolat chaud. Pas très sexy, il le savait, mais chacun avait ses péchés mignons. Il avait prévu de succomber au moins à celui-là pendant les prochains jours.

Il regarda avec attention les appartements décorés avec goût qu'il lui était possible de réserver. Il avait envie d'une vue sur la mer. Il se souvenait avec nostalgie de ce soir de juillet où il était rentré de soirée avec Lisa. Elle regardait le paysage défiler par la fenêtre et lui avait dit :

— J'ai envie de voir la mer...

Il lui avait fait répéter tellement sa demande arrivait comme un cheveu sur la soupe.

— Nath, j'ai envie de voir la mer, emmène-moi prendre le petit déj au bord de l'eau... Il paraît que c'est joli, Étretat.

— Lisa, il est 4 heures du matin, je ne peux pas, je suis crevé. Et puis la mer, elle est à quoi, cinq cents bornes d'ici ? T'as cru que ma Supercinq pourrait faire toute cette route ?

— Oui, t'as raison, laisse tomber.

— Et puis, je sais que ta mère est cool, mais moi, mes parents, si je ne suis pas là quand ils vont se lever, ils vont me taper une crise.

— Ma mère n'est pas cool, elle s'en fout. Mais je t'ai dit, laisse tomber...

— Et puis l'essence, le péage... Et sur place, tu veux qu'on fasse quoi ? On n'a pas une thune.

— JE T'AI DIT DE LAISSER TOMBER !

Elle avait hurlé cette dernière phrase tellement forte que Nathan, surpris, avait fait un écart avec la voiture.

— Mais t'es pas bien Lisa ! Tu m'as fait peur !

— Ouais, c'est ça, je ne suis pas bien.

— Écoute, c'est une super idée, Étretat, mais il faut s'organiser. Y rester deux trois jours, visiter, profiter ! Je te promets, je vais arranger ça.

— Te sens pas obligé, Nath... et puis, c'est maintenant que j'ai envie de voir la mer.

— Je ne me sens obligé de rien, je t'ai promis... Quant à ce soir... Bon, ce n'est pas la mer, mais j'ai une idée...

Et Nathan avait gardé le silence jusqu'à leur destination : le lac artificiel de Créteil. Pas vraiment la mer, mais cela avait suffi pour faire sourire Lisa. Elle était sortie de la voiture telle une enfant recevant son cadeau de Noël. Ils avaient regardé le ciel en silence, et après le lever du soleil, à 5 h 30, ils avaient pris le chemin du retour vers chez eux. Arrivée devant son immeuble, Lisa avait dit :

— Nath, merci pour le lac. Mais je n'ai pas oublié ta promesse, et surtout, j'ai pas assez bu pour ne pas m'en souvenir demain. Alors Étretat, je te laisse l'organiser...

Nathan lui avait assuré qu'une promesse était une promesse. Et puis la vie, ses choix et le temps lui avaient manqué. Mais ce soir-là, il était bien décidé à enfin honorer sa parole.

Ce soir-là, lui aussi avait envie d'aller voir la mer.

# CHAPITRE 10

*Bonjour Nathan Guérin,*
*Merci pour votre réservation dans notre appartement à Étretat avec vue panoramique à 180 ° sur la mer, les falaises et le village via le système automatisé. Néanmoins, nous pensons que vous avez peut-être commis une erreur dans la date, car il semblerait que vous ayez indiqué une arrivée ce soir.*

Bonjour Antoine, non il ne s'agit pas d'une erreur, mais d'une envie soudaine. Je vais prendre la route depuis Paris d'ici une petite heure. Est-ce problématique ?

*Pas du tout Nathan, l'adresse vous a été envoyée sur l'application. Le code de la boîte à clef est dans le corps du mail. La clef du wifi est indiquée dans le livret d'accueil que vous trouverez sur la table de séjour.*

C'est parfait, merci. J'ai noté qu'il y avait un garage ?

*Oui, la clef est sur le trousseau et l'emplacement est expliqué dans le livret d'accueil. Bon séjour Nathan, et bonne route.*

Merci beaucoup à vous.

# CHAPITRE 11

Nathan savait que son ami n'allait plus tarder. Il avait réservé l'appartement, programmé son application GPS et mis les quelques affaires qu'il gardait à l'hôpital dans un sac.
Il se dirigeait vers la sortie quand son téléphone sonna. Il savait qu'il s'agissait de Michel. Il ne prit même pas la peine de regarder l'écran avant de répondre.

— Je suis en train de sortir. Tu m'attends devant les urgences ?

— Docteur Guérin ?

— Qui est à l'appareil ?

— C'est Sophie, au secrétariat.

— Bonjour Sophie, vous tombez bien.

— Je viens d'apprendre la nouvelle.

— Oui, les nouvelles vont vite...

— C'est un grand hôpital, mais oui, elles vont vite. Je voulais savoir si nous pouvions faire quelque chose.

— En fait, oui, vous pouvez, Sophie. Je sais que ça va vous mettre dans une situation délicate, mais je vais prendre deux ou trois jours.

— Je m'en doutais, docteur. J'ai déjà fait le nécessaire. On a modifié le planning. Ça n'a pas été très compliqué, comme vous vous sacrifiez toutes les années pour les fêtes de fin d'année, tous les médecins ont accepté.

— Sans grogner ?

— Ce n'est pas ce que j'ai dit, docteur... Mais ils ont accepté.

— Merci Sophie, je vous revaudrai ça... Pour la paperasse de Li... de mon amie, vous m'envoyez tout, je m'en occupe à mon retour.

— Comme d'habitude, docteur.

— Merci, Sophie. Je vais prendre en charge les frais... Je peux vous demander un autre service ?

— Avertir la famille ?

— Oui, s'il vous plaît, Sophie. Je n'ai pas la force de parler à sa mère... Mais rassurez-la... Dites-lui que je gère.

— Pas de problème, docteur, je raccroche et je l'appelle...

— Demain, Sophie. Il est tard, laissez-la dormir... Laissez-la être mère encore une nuit...

Le téléphone vibra.

— Sophie, j'ai un double appel, merci de votre aide. Rentrez chez vous.

— Bonne soirée, docteur...

Nathan prit la seconde ligne, mais cette fois-ci laissa son correspondant commencer.

— Je suis en train d'arriver au parking, je t'ai fait le plein, et j'ai même remis du liquide pour les essuie-glaces.

— J'arrive, Michel.

— Tu m'expliques ton envie de partir comme ça, ce soir ?

Comment lui dire ?

— Toi, plus que n'importe qui, peux comprendre, Michel. D'abord, j'ai fait une promesse il y a longtemps et je veux la tenir, et puis... Et puis merde, j'ai juste envie, il y a vraiment besoin d'avoir des raisons ?

Son argument sembla fonctionner, car Michel ne répondit rien. Au moins dans un premier temps, car il finit par ajouter :

— Bon OK, je respecte, mais pourquoi tu y vas seul, laisse-moi venir avec toi.

— Je ne sais pas si je vais y aller seul, Michel...

— Ah ! Une infirmière ? Je la connais ?

— Non, pas une infirmière. Écoute, tu ne la connais pas, et c'est prématuré. Ce n'est même pas sûr, d'ailleurs. Je te vois arriver. Je raccroche.

Il rangea son téléphone, tout en admirant sa Mustang arriver. Michel trouva une place rapidement. Nathan s'approcha de lui. Michel ne lui laissa pas le temps de parler.

— Elle s'appelle comment ?

— Michel, je ne vais pas te répondre.

— Tu sais que parfois, tu peux être vraiment agaçant ?

— Non, je sais que souvent, je peux être agaçant.

— Voilà, c'est ça, souvent, tu peux être agaçant... Bon, tu me déposes ou je dois me démerder ?

— Je vais te commander un taxi.

— Je reformule, en fait, tu es tout le temps agaçant...

Nathan sourit. L'hôpital avait un service de taxi attitré. Il savait que son ami rentrerait chez lui assez rapidement. Tout en envoyant un message, il demanda :

— Tu rentres où ? Chez toi, chez Mélanie ou chez ton amie avec qui tu dois partir en week-end ?

— Je ne sais pas encore, je déciderai dans le taxi... Plus sérieusement, chez moi. Il est tard et je commence à me faire vieux. Et puis comme je vais attendre ton SMS toute la nuit, je n'arriverai pas à faire autre chose.

— Michel, sais-tu que tu es le roi du mélo ?

Les deux amis échangèrent un regard complice.

— À part voir la mer, tu sais déjà ce que tu vas y faire, à Étretat ?

— Non, j'aviserai sur place... C'est une ville touristique, j'imagine qu'il y a plein de choses à faire.

— Ah ça, oui, c'est super joli, mais si tu veux me faire plaisir, va à l'église.

— Pardon ?

Nathan ne put s'empêcher de s'étonner de cette demande de son ami qui, visiblement, s'amusait de la situation.

— Oui, il y a une chapelle que j'aimerais que tu visites... Elle s'appelle Notre-Dame-de-la-Garde. Elle surplombe les falaises, elle est absolument magnifique... La vue est superbe. On ne peut pas visiter l'intérieur, mais tu verras, l'endroit est vraiment exceptionnel. Le fait qu'elle ait été construite par un gars qui se faisait appeler le père Michel n'y est pas pour rien, évidemment !

— Tu n'es pas seulement le roi du mélo, tu es surtout étonnant, Michel.

— On me le dit souvent... Ah, mon taxi arrive... Au fait, tiens, Mélanie te prête une batterie externe pour ton téléphone, comme ça, pas d'excuse pour ne pas envoyer de tes nouvelles.

Michel ne laissa pas Nathan répondre et le prit dans ses bras. Signe d'affection inhabituel pour les deux amis. Sans un mot supplémentaire, Michel entra dans le taxi, fit un clin d'œil à Nathan et ferma la porte. La voiture s'éloigna rapidement et Nathan se retrouva seul dans le parking. Il s'approcha de sa voiture afin de ranger son sac dans le coffre, quand il entendit derrière lui :

— Une Mustang ? Tu as décidément bon goût !

En se retournant, Nathan vit Elisabeth en train de marcher vers lui. Elle avait pris le temps de se changer. Elle portait désormais un perfecto noir, des baskets blanches et un jean un peu troué. Nathan trouva la manière qu'elle avait eue de remonter ses cheveux en queue de cheval complètement craquante. Il répondit :

— C'était un rêve de gosse. J'ai toujours trouvé cette voiture superbe...

— Je suis d'accord avec toi. Je ne suis jamais entrée dans une telle voiture ...

— Y a une première à tout... On va faire un tour ?

— Je te dirais bien « Pourquoi pas », mais tu l'as mal pris la dernière fois...

Nathan sourit. Il ajouta :

— Réfléchis bien, car ce que je te propose, c'est un peu plus qu'un tour en réalité.

— C'est-à-dire ?

Elle était encore plus belle lorsqu'elle s'étonnait.

— Bon, je sais que ça va te paraître fou...

Il ne savait pas comment s'y prendre. Il continua.

— Je vais faire simple, j'ai décidé d'aller sur un coup de tête à Étretat. Pour deux ou trois jours. J'ai réservé un appartement avec vue sur la mer. Je te rassure, il y a deux chambres, donc je ne t'impose rien du tout, mais bon, ça me ferait plaisir que tu viennes avec moi.

— Étretat ?

— Oui, et je voudrais ajouter qu'il y a un flipper dans l'appartement.

Elisabeth ne répondit pas tout de suite. Nathan eut envie de dire quelque chose. Sans vraiment savoir quoi. À la fois, il avait terriblement envie de la convaincre et de lui dire de laisser tomber. Quitte à y aller seul, autant que la décision soit la sienne. Mais il n'eut pas le temps d'ajouter quoi que ce soit.

— Je n'ai aucune affaire, Nathan...

Si ce qui posait problème était l'aspect pratique, alors ce n'était pas un problème.

— Je pense que depuis qu'ils ont installé l'eau courante et l'électricité, ils ont dû ouvrir des boutiques sur place...

Faussement étonnée, Elisabeth laissa Nathan s'empêtrer dans ses explications.

— Ce que je veux dire, c'est que nous pouvons acheter des choses sur place...

— Je pense que j'avais compris ce que tu voulais dire. On ne se connaît pas Nathan, qui te dit que je ne suis pas une psychopathe ?

— J'ai entendu une blague une fois comme ça, qui disait que la probabilité qu'il y ait deux psychopathes dans la même voiture était nulle.

Nathan avait répondu rapidement. Peut-être trop rapidement. Elisabeth, un peu blême, murmura :

— On peut dire que tu sais rassurer les jeunes filles, toi.

— Écoute, je comprends, c'est prématuré, on ne se connaît pas, et en plus, cette blague n'est pas drôle. J'ai un jour promis à mon amie décédée de l'emmener à Étretat, je n'ai pas tenu ma promesse, et ça ne me ressemble pas. Alors ce soir, j'ai décidé d'y aller. Ça me ferait plaisir que tu viennes, mais je comprendrais que tu ne le fasses pas.

— Tu m'as dit qu'il y avait un flipper dans le salon ?

— Oui, et une vue sur la mer.

Elisabeth prit un petit temps de réflexion.

— Tu me laisseras conduire ?

— Non.

— Bon, j'aurais eu tort de ne pas essayer...

— Qui ne tente rien n'a rien.

Elisabeth toucha le menton de Nathan, puis dit :

— Tu en es la preuve vivante, docteur. Allons-y, ça serait dommage qu'on rate le lever du soleil.

# CHAPITRE 12

Le bruit régulier du moteur au rythme des passages de vitesses rappela à Nathan le plaisir qu'il avait à conduire sa Mustang. L'habitacle était silencieux, hormis le son de la mécanique puissante. Nathan avait secrètement remercié Elisabeth de ne pas demander à mettre une quelconque musique ou de ne pas avoir cherché à faire la conversation. Il la voyait parfois tapoter sur son mobile. Elle avait dit, comme pour se justifier :

— Mes amies trouvent que je suis folle de partir comme ça avec un inconnu, alors je leur ai promis d'envoyer des SMS de temps en temps.

Nathan avait besoin de ce calme relatif. Seule la voix féminine du GPS de son téléphone déchirait parfois le silence pour lui indiquer le chemin. Il avait configuré l'itinéraire en évitant l'autoroute. L'application ainsi configurée lui indiquait 3 h 15 de route. Il avalait les kilomètres, bercé par les rapports de vitesses passées au gré des virages, des feux rouges et des ronds-points. Il découvrait un paysage qui, malgré l'obscurité, paraissait magnifique. Traversait de petits villages de campagne déserts, mais charmants. Les routes, sûrement à cause de l'heure tardive, étaient vides de tous conducteurs. Il se tournait parfois pour regarder sa passagère, qui ne dormait pas. Elle se contentait de regarder la route, parfois écarquillant les yeux, étonnée de la beauté de communes délaissées. Nathan se fit d'ailleurs la réflexion : combien de commerces avaient fermé ? combien de vies gâchées, faute de visiteurs ? Les autoroutes permettaient de gagner du temps, certes, mais avaient enlevé toute âme aux voyages. Il ne put s'empêcher de grimacer devant la bien-pensance de cette opinion. Et son hypocrisie aussi. Lui, le premier à chercher l'efficacité plutôt que l'authenticité. Les noms des villes se suivaient sans se ressembler. Nathan, pourtant épuisé en début de soirée, n'avait plus sommeil du tout. Il ne se sentait même plus las. Simplement heureux de tenir sa promesse. Un peu honteux aussi de ne pas l'avoir fait plus tôt. De ne pas l'avoir fait avec elle. Comme si elle avait lu dans ses pensées, et pour détourner sa mélancolie, Elisabeth lui demanda :

— Tu connais Claude Monet ?

— Non, je ne connais pas les remplaçants. Il joue dans quelle équipe ?

Le silence répondit à sa tentative de faire de l'humour. Il se rattrapa tant bien que mal.

— Un des fondateurs de l'impressionnisme... Désolé pour mon humour moyen...

— Pas moyen, nul, mais on a dû déjà te le dire...

Le regard pétillant d'Elisabeth prouvait néanmoins le contraire. Elle continua.

— Bon, je sais qu'on n'est pas en train de faire un road trip ni éducatif ni culturel, mais j'ai vu qu'on arrivait dans peu de temps du côté de Vernon.

Nathan ne lui laissa pas le temps d'ajouter quoi que ce soit.

— Tu as envie d'aller voir la maison sur le vieux pont ?

— Comment tu connais ça, toi ? C'est pointu, quand même...

— J'ai quelques lettres, qu'est-ce que tu crois ? Même s'il s'agit d'une peinture... Mais je n'ai aucun mérite, je te rassure. C'est une longue histoire.

Elisabeth lui affirma, très sérieuse :

— Ça tombe bien, tu as vingt-six kilomètres pour me raconter !

Nathan hésita. Elisabeth lui caressa la main qui était posée sur le levier de vitesse. Elle lui demanda :

— Ça concerne ton amie décédée ?

Il acquiesça, puis tentant de ne pas mettre trop d'émotion dans sa voix, il expliqua :

— Elle était étudiante aux Beaux-Arts. Elle avait beaucoup de talent. Ses professeurs lui avaient prédit un bel avenir. Elle s'était mise en tête de faire mon éducation artistique. Et ce n'était pas gagné, car pour moi, un dessin est un dessin. Si tu veux représenter un endroit, ou quelqu'un, rien de mieux qu'une photo.

Elisabeth eut la délicatesse de ne pas réagir.

— Elle y a mis beaucoup d'énergie. Elle empruntait des livres d'art pour me les montrer, me les commenter, m'expliquer les œuvres, leurs histoires. Elle y mettait tant de cœur que je la laissais faire. Puis, je me suis pris au jeu. J'ai commencé à aimer. Et encore aujourd'hui, j'avoue que je suis à mon petit niveau un amateur. Mes voyages sont généralement organisés autour des musées.

Il la regarda droit dans les yeux et dit :

— Pas très sexy, n'est-ce pas ?

— Au contraire... Je ne sais même pas où est exposée la toile représentant cette maison.

— En Louisiane.

Elle sembla impressionnée. Nathan sourit.

— Je n'ai pas de mérite, c'est le premier voyage que j'ai fait juste après mon doctorat. Pour fêter la fin des études. Je suis parti pour le voir en vrai.

— Pourquoi celui-là en particulier ?

Nathan resta silencieux. Là encore, Elisabeth sut lui laisser le temps de répondre.

— C'est le dernier qu'elle m'a montré. Elle était rentrée de ses cours tout excitée. Elle voulait absolument que je le vois. À l'époque, pas d'internet, alors elle m'a tiré à la Fnac. Et ce n'était pas à côté. On est allé dans le rayon des livres d'art et elle a sorti un livre énorme qui regroupait les principales œuvres impressionnistes. Elle a passé un bon moment à m'expliquer ce qu'elle avait entendu en cours d'histoire de l'art. Tu sais ce qui était le plus drôle ?

Elisabeth fit non de la tête.

— La vendeuse. Elle nous a entendus de loin et elle s'est approchée pour l'écouter. À l'époque, à la Fnac, les postes de vendeurs n'étaient pas occupés par des étudiants, enfin pas dans mon souvenir. Ils savaient de quoi ils parlaient. C'étaient des passionnés. Et la vendeuse ne lâchait plus les explications de Lisa. Moi, j'avais juste envie qu'on aille au McDo et qu'on se commande un sundae caramel. Mais ça la rendait heureuse de partager sa passion avec moi, alors je l'écoutais. Quand j'ai eu des jours de vacances après mes études, j'ai eu envie d'aller le voir en vrai, au

NOMA. C'est le nom du musée, le New Orleans Museum of Art. Mais sans elle, la saveur n'était pas la même.

— Vous vous étiez embrouillés ?

Nathan la regarda, puis fixa la route. Il annonça :

— Tu vois, vingt-six kilomètres avec une Mustang, ça va très vite, on va bientôt arriver à Vernon.

Elisabeth, loin de se vexer, serra fort la main qu'elle caressait et qui n'avait pas quitté le levier de vitesse.

— Il faut peut-être mettre l'adresse sur le GPS ?

Elle ajouta presque aussitôt :

— C'est super, même pas besoin de faire un détour, c'est sur la route. On ne pourra pas rester très longtemps, j'aimerais vraiment qu'on arrive à temps à Étretat pour voir le soleil se lever.

— Ne t'inquiète pas, de toute façon, dans le noir, pas sûr qu'il y ait grand-chose à voir.

Effectivement, ils n'étaient pas très loin, car à peine dix minutes plus tard, Nathan se garait sur un pont, en double file, juste avant un énorme rond-point.

— Ce n'est pas très sécurisé ici, on ne va pas traîner.

— Je te confirme, c'est même franchement dangereux. Heureusement qu'à cette heure-ci, il n'y a personne.

Nathan ne répondit pas. Il contourna la voiture, s'approcha du bord du pont, à côté d'Elisabeth, et aperçut au loin le moulin. Il avait toujours été fasciné par la capacité qu'avaient les artistes à voir les choses au-delà de ce qu'elles pouvaient être. Lui ne voyait qu'une simple bâtisse. Jolie, certes, originale, car bâtie sur l'eau, mais l'artiste avait vu davantage et l'avait retranscrit. L'architecture normande du moulin n'avait rien de très original dans cette partie de la région, alors pourquoi Monet avait-il choisi ce moulin plutôt qu'un autre ? Elisabeth semblait quant à elle très impressionnée par ce qu'elle voyait.

— C'est superbe, n'est-ce pas ?

Nathan répondit avec mauvaise humeur.

— C'est surtout sombre... Allons-y, si on veut arriver à temps, il ne faut pas traîner.

Elisabeth le regarda sans vraiment comprendre, mais reprit sa place dans la voiture sans faire la moindre remarque. Avant de démarrer, Nathan reconnut :

— Je suis désolé, la journée a été longue. C'était plus difficile que ce que j'imaginais, pour moi, de voir ce moulin.

Comme pour lui signifier qu'il avait été trop loin, sans en faire toute une histoire, Elisabeth changea de conversation :

— Il reste combien de temps avant d'arriver ?

— Environ 1 h 30, d'après le GPS.

Elisabeth regarda quelque chose sur son téléphone et vérifia sa montre.

— Le lever du soleil est dans 1 h 45 à Étretat. Tu as raison, il ne faut pas traîner.

Elle le regarda avec un sourire un peu gêné, puis ajouta :

— Et puis j'aimerais bien que tu t'arrêtes sur la route dans une station-service.

— Oui, c'est une bonne idée, en plus, Christine est assoiffée.

— Christine ? Ne me dis pas que tu as donné un nom à ta voiture ?

Nathan éclata de rire.

— Moi non, mais l'ancien propriétaire, Michel, qui depuis est devenu un ami, oui. Et j'ai gardé l'habitude.

Elisabeth regarda Nathan, songeuse.

— Je n'arrive pas à décider si c'est pathétique, mignon ou si je dois avoir peur.

Nathan haussa les épaules en souriant et démarra la voiture. Elisabeth reprit :

— Je pense que je vais opter pour un peu des trois.

— Même pas avec un petit plus pour le côté mignon ?

— Ça, je n'ai pas encore décidé.

— Merci, merci de m'avoir accompagné dans ce voyage un peu fou, lâcha Nathan, reconnaissant.

— Je me demande franchement pourquoi j'ai dit oui.

— Le flipper, peut-être ?

— Oui, le flipper sûrement, mais plus sérieusement, je ne sais pas pourquoi j'ai eu confiance. Ça ne me ressemble pas.

Nathan comprenait ce qu'elle voulait dire. Lui aussi avait beaucoup de mal à faire confiance. Il avait toujours été méfiant. Depuis tout petit. Sauf avec Lisa. Il avait assez vite baissé la garde, comme on dit. Et il l'avait payé cher. Évidemment qu'il lui en voulait. Comment faire autrement ? Elle avait abandonné la bataille sans penser aux autres. Sans penser à lui. À sa douleur. C'était égoïste de penser comme ça ? Sûrement, mais le suicide était pour lui le comble de l'égoïsme, donc il n'avait de leçon à recevoir de personne. Nathan serra le volant tellement fort que ses phalanges se vidèrent de leur sang.

— On ne s'est pas disputés, elle a fait une tentative de suicide et est restée dans le coma depuis tout ce temps.

— Nathan, je suis désolée.

— Désolée de quoi ? Du coma ou du suicide ? Parce que dans les deux cas, tu n'y es pour rien.

— Des deux, j'imagine. Tu as dû vivre des moments très difficiles.

— Oui, effectivement.

Encore une fois, Elisabeth eut la délicatesse de ne rien ajouter. De ne pas poser de questions déplacées. Nathan la remercia intérieurement. Il lui proposa :

— Et si on mettait un peu de musique ?

— J'ai cru que tu ne demanderais jamais !

Il alluma la radio, espérant capter autre chose que les actualités dépeignant un monde qu'il savait déjà bien trop malade.
Marvin Gaye et Tammi Terrell, *Ain't no Mountain High Enough*, il avait de la chance. Nathan commença à se détendre et à taper en rythme sur son volant. Puis vint le moment où il se mit à accompagner le titre en fredonnant, bientôt rejoint par sa passagère. Si une voiture les avait dépassés à ce moment-là, les passagers auraient supposé qu'ils étaient un couple chantant et dansant sur un vieux tube des années 60.

# CHAPITRE 13

MICHEL

**Tu en es où ?**
**Nathan ?**

*Arrête de t'inquiéter, je suis toujours en route. Là on a fait un arrêt dans une station pour faire le plein.*

**On ? Elle est venue ?**

*Oui, elle est venue, j'ai pas la grosse tête au point de parler de moi à la troisième personne.*

**Pas encore... Mais te connaissant, ça peut venir. Plus sérieusement, tu aurais dû déjà arriver. Je me suis inquiété.**

*Arrête de t'inquiéter. On a pris la nationale. Je n'avais pas envie de passer par l'autoroute. Les routes sont très belles. Sans transition, des fois, les gens sont quand même particuliers.*

**Je me tue à le dire, mais pourquoi tu dis ça ?**

*Je suis en train d'attendre ma passagère à la station. Et pendant que je te parle, devant moi, y a un couple qui est en train de danser à côté de son camping-car.*

**QUOI ?**

*Je te jure, en détente, ils sont là, dans le parking, à côté du camping-car, en train de danser un slow.*

**À mon avis, faut que tu arrêtes la drogue, ils sont juste dans les bras l'un de l'autre. Le vrai problème, c'est le camping-car.**

*Ah ! Ah ! Ah ! Non, je t'assure, ils dansent, ça serait presque mignon si c'était pas aussi ridicule. Pour le camping-car, tu as tort, ce sont mes meilleurs souvenirs de vacances avec mes parents.*

**Je te l'ai toujours dit, tu es bizarre.**

*Elisabeth revient, on reprend la route.*

**Ah ! Elisabeth, j'aime bien comme prénom !**
**Envoie un message quand tu arrives.**

*Si j'y pense, maman.*

**Abruti.**

# CHAPITRE 14

Le reste de la route s'était fait dans le silence. Elisabeth s'était endormie assez rapidement et Nathan, perdu dans ses pensées, n'avait pas vu le temps passer. Le GPS lui indiquait qu'il était désormais proche de sa destination. Ils auraient tout le temps de prendre possession de l'appartement, le soleil allait bientôt se lever. Il modifia l'adresse d'arrivée pour indiquer celle de la chapelle Notre-Dame-de-la-Garde. Il avait confiance en Michel pour lui donner de belles adresses et il avait vu quelques photos qui montraient une église juchée à flanc de falaise, il était sûr que la vue serait superbe. Il ne se reconnaissait pas, lui pourtant d'habitude si ancré dans ses habitudes, changeait ses plans à la dernière minute. Si ne serait-ce que la veille, on lui avait dit qu'il serait en route pour Étretat aujourd'hui, il aurait bien ri. Non, en fait, il aurait ricané, avec un regard empli de mépris et certainement même, d'ennui. Mais ce matin-là, il ne saurait expliquer pourquoi, il avait envie de rire, de profiter. S'approchant de sa destination, il eut envie de réveiller sa passagère. Il posa sa main doucement sur son bras. Elisabeth se réveilla en sursaut presque immédiatement. Il s'excusa.

— Je suis désolé, je ne voulais pas te faire peur... On arrive.

— Désolée, je dors depuis longtemps ?

— Depuis à peu près cinq minutes...

— Ah, ça va, alors...

— Après notre départ de la station...

Elisabeth rit de bon cœur, mais s'arrêta assez rapidement. Elle semblait fascinée par le spectacle. Et Nathan ne pouvait que la comprendre. Ce qu'ils voyaient était magnifique. Magique, même. La chapelle semblait entourée d'une aura de lumière orange. Nathan découvrait que contrairement à ce qu'il avait imaginé, le soleil n'allait pas se lever depuis la mer. Il aurait peut-être dû se montrer plus attentif en cours de géographie. Il n'en était pas moins impressionné par la beauté de ce qu'il voyait.

Les dégradés de lumière qu'il avait face à lui étaient majestueux. Un mélange de couleurs dignes d'une œuvre de maître. Il coupa le contact, préférant le silence de la nature à la musique, que pourtant il adorait, de son moteur.
De manière synchronisée, comme s'ils avaient répété le geste, Nathan et Elisabeth descendirent de la Mustang et se rejoignirent à l'avant de celle-ci.

Elisabeth prit la main de Nathan. Il ne pouvait quitter le spectacle des yeux, mais il sut qu'elle souriait. Il s'enjoua :

— Ça valait le coup, non ?

— Oui, c'est vraiment beau. Belle idée.

Aucun besoin d'ajouter quoi que ce soit. Elisabeth trembla un peu, de froid ou d'émotion. Nathan, en tout cas, la prit dans ses bras. Hormis dans son travail, rares étaient les moments où il avait le sentiment d'être à sa place, de faire les bons choix. Mais ce jour-là, à cet instant-là, il n'eut aucun doute.

— On s'approche ? Tu n'as pas le vertige ? demanda Elisabeth.

— Non, pas de vertige. Oui, allons jeter un œil. Je sais qu'on ne peut pas visiter l'intérieur de la chapelle, mais peut-être qu'on peut voir par les fenêtres...

Sans attendre la réaction d'Elisabeth, Nathan commença à marcher. L'église semblait étrangement à la fois petite et imposante. Faite de pierres scellées les unes aux autres, sa flèche était quant à elle en ardoise. Les gargouilles en forme de poissons permirent à Nathan d'imaginer qu'elle avait été édifiée par des pêcheurs. Il ne put s'empêcher d'être impressionné par les efforts qu'il avait fallu pour emmener les matériaux dans cette partie de la ville à une époque si lointaine. L'humain pouvait être étonnant de déploiement d'énergie lorsqu'il était motivé.

— Tu entends ? l'interrogea Elisabeth.

À part le déchaînement de la mer contre les falaises, Nathan n'entendait rien.

— Les vagues ?

— Non, on dirait de la musique... Viens !

Elisabeth s'approcha rapidement d'une fenêtre et sembla étonnée.

— Nathan, viens voir, c'est fantastique !

Nathan s'approcha, curieux, et par l'ouverture abîmée par le sel marin, il réussit à apercevoir dans la nef un groupe de choral gospel en train de répéter. Ils dansaient en rythme, emportés par la prière qu'ils déclamaient.

— Je n'arrive pas à reconnaître ce qu'ils chantent, déplora Elisabeth.

Nathan tendit l'oreille, un moment silencieux, puis répondit :

— Aucune idée. Je ne reconnais même pas la langue... Ce n'est pas du français, et ça ne semble pas non plus de l'anglais, mais c'est définitivement du gospel... C'est joli... Tu veux qu'on entre ?

— Non. Tu l'as dit, il est interdit d'entrer, et puis ils sont en répétition, on va les déranger... En tout cas, ce n'est pas quelque chose qu'on voit tous les jours...

Non, effectivement, se dit Nathan, ce n'est pas commun de vivre ce genre de moment. La vue magnifique, le lever du soleil éclairant d'une lumière magnifique cette chapelle hors du temps, ces chanteurs de gospel... sans oublier l'air marin, l'odeur de la mer qu'il sentait comme pour la première fois. Qui emplissait ses poumons. Il se surprit à profiter de l'instant. Pleinement. Il regarda Elisabeth, puis l'embrassa. Elle lui rendit son baiser en lui caressant le visage puis, soudainement, fit un pas en arrière. Nathan la regarda sans comprendre.

— Nathan, tu saignes du nez.

Instinctivement, il porta la main droite à son nez, puis regarda ses doigts rouges de sang.

— Je suis désolé, Elisabeth, ça ne m'arrive jamais... Je t'ai salie ?

— On s'en fout de savoir si tu m'as salie. Tiens, j'ai un mouchoir en papier.

Nathan prit le mouchoir et fit un point de compression afin que le sang cesse de couler. Elisabeth s'éloigna vers la voiture en disant :

— Il me reste un peu d'eau dans la bouteille que j'ai achetée. Tu vas pouvoir te nettoyer.

Nathan la suivit de près. Un sentiment mitigé s'empara de lui. Il se sentait à la fois coupable d'avoir gâché cet instant magique, mais surtout agacé d'avoir abîmé les vêtements d'Elisabeth.

— On ira t'acheter des vêtements, Elisabeth. Laisse-moi te les offrir, j'ai ruiné ce que tu portes... On va aller à l'appartement, et pendant que tu prendras une douche, j'irai t'acheter des trucs...

— Tout ça pour avoir une femme nue dans un appartement ! Je te trouve bien présomptueux !

Elle se pencha dans la voiture pour rejoindre assez vite Nathan avec un fond d'eau dans une bouteille.

— Ça s'est arrêté ?

— Oui. Je ne sais pas ce qui est arrivé. Je suis désolé.

Il se nettoya tant bien que mal. Le sang avait du mal à partir. Lui aussi s'était sali. S'approchant de sa voiture, il retira son tee-shirt. Il remarqua, non sans plaisir, le regard d'Elisabeth sur son torse. Il sortait un nouveau tee-shirt de son sac de vêtements quand il entendit :

— Oh ! Je vois une tache sur ton jean aussi !

Interloqué, Nathan se retourna vers Elisabeth. Elle le regardait avec un regard complice et un grand sourire. Elle ajouta :

— On est pudique dans le corps médical ?

— Facile de jouer comme ça avec les garçons innocents...

Elle lui fit un clin d'œil, puis en entrant dans la voiture, elle dit :

— Bon, tu n'as pas envie d'une partie de flipper ? Tu m'as vendu un appartement avec vue sur la mer et flipper, moi je ne demande qu'à voir...

Nathan la trouvait déjà belle, mais encore plus avec cet air de défi dans le regard. Il monta à bord de son automobile, démarra le monteur, puis indiqua l'adresse de l'appartement dans son navigateur.

— Tu t'arrêteras dans une boulangerie, j'ai envie de croissant et de jus d'orange.

Il n'avait pas pour habitude qu'on lui dise quoi faire, mais cela ne lui déplaisait pas, finalement. Elle alluma la radio, chercha un instant une station musicale, puis fit son choix sur une station de musique classique. Devant le regard interrogateur de Nathan, elle dit :

— Tu ne vas pas contredire mon choix de la *Neuvième Symphonie* de Beethoven face à un tel paysage !

— Je ne vais surtout pas te contredire du tout.

— Comme quoi, à l'école, ils ne vous apprennent pas que des conneries... Plus sérieusement, tu n'es pas d'accord ? Cette musique s'accorde parfaitement avec ce qu'on voit, non ?

— Oui, je suis assez d'accord, la majesté du lieu se marie très bien avec la magnificence de Beethoven.

— Monsieur sort les mots savants !

Puis son rire résonna dans l'habitacle, bientôt rejoint par celui de Nathan. L'appartement n'était pas loin et le garage sécurisé était facile à trouver et déjà ouvert.

Nathan put donc garer son bolide. En sortant de celui-ci, il vit Elisabeth prendre soin de ne pas taper la porte contre le mur pourtant très proche. Il ne put s'empêcher de dire :

— Mon ami Michel pourrait tomber amoureux de toi en te voyant faire attention comme ça...

— Amoureux ? Rien que ça ? Moi, par contre, je ne pense pas que je pourrais tomber amoureuse d'un homme donnant un prénom à sa voiture.

— Touché...

— À bon entendeur, Nathan... À bon entendeur.

Cette femme le faisait sourire, non, elle le rendait de bonne humeur, lui donnait envie de rire, le rendait impatient de vivre l'instant suivant, curieux de la suite. Ça ne lui était pas arrivé si souvent. En tout cas, suffisamment peu pour qu'il en fasse la remarque à voix haute.

— Tu es étonnante, Elisabeth.

Elle ne répondit pas et esquissa simplement un sourire. Nathan la précéda, puis se dirigea vers l'escalier proche du garage. L'entrée ne payait pas de mine. Un immeuble de ville comme tous les autres. Pas d'ascenseur. Des parties communes qui semblaient n'avoir jamais été rénovées, et une odeur désagréable mélangée à celle de la Javel.

Nathan espérait que l'appartement était en meilleur état. Il n'avait pas regardé à la dépense et souhaitait vraiment que l'endroit soit à la hauteur de ses attentes. Deux étages plus haut, il trouva sans mal la boîte à clef. Elisabeth se tint en retrait, attendant qu'il ouvre la porte blindée.

Deux tours de clef plus tard, Nathan ouvrait la porte sur

un appartement superbe. L'annonce ne mentait pas. La vue était grandiose. Sur les falaises d'Étretat. Nathan en eut le souffle coupé. Mais pas par la vue, ni par la mer. Il venait de voir, trônant au centre du salon, un tourne-disques et une pile de 33 tours posés à côté.

# CHAPITRE 15

— Vous vous rendez compte de la situation ?

La pièce sombre semblait tout droit sortie d'un mauvais film policier. Nathan et Lisa étaient assis au bord d'une table de métal. Les deux semblaient hagards.

— On a averti vos parents.

Lisa murmura :

— Ma mère ne viendra pas.

La policière lui demanda de répéter. Lisa, défiante, prit soin de séparer chaque syllabe :

— Ma mère ne viendra pas !

Nathan ne savait pas comment régir, oscillant entre la honte et la culpabilité.

— Madame, nous avons compris la leçon, ça ne se reproduira plus.

L'agente s'approcha de lui.

— Parce que tu penses que ça va s'arrêter là ? Comme ça ? Le magasin va sûrement porter plainte. Le vol, c'est grave, Nathan.

Nathan ne put s'empêcher de répliquer.

— Le viol aussi, et pourtant, vous n'avez rien fait.

La policière eut l'air choquée.

— Qu'est-ce que tu viens de dire ?

Lisa implora son ami :

— Nathan, s'il te plaît...

Nathan, par respect pour elle, s'emmura dans le silence. La policière prit la parole.

— Tu crois vraiment que cette défense va fonctionner ?

Nathan répondit doucement

— Je ne crois rien, je vous l'ai dit, on a fait une connerie.

— Oui, je te confirme ! Et c'est parce que je vous ai reçus la dernière fois, que j'ai demandé à traiter cette affaire. Pour essayer de vous tirer de là... Parce que j'avais un peu de sympathie, mais franchement, j'ai l'impression que c'était une erreur.

Lisa sembla reprendre des couleurs.

— Madame, c'est mon idée, Nathan n'y est pour rien. Il va devenir médecin. Il ne faut pas qu'il aille en prison, il va aider beaucoup de monde plus tard.

Son interlocutrice eut du mal à garder son sérieux.

— La prison, rien que ça ? Lisa, on parle d'un 33 tours. Vous avez des ennuis, c'est évident. Il va y avoir des répercutions c'est sûr. Mais ce n'est pas un homicide non plus.

— Ni un viol.

Nathan n'avait pas pu se retenir. Sa remarque cinglante eut le même effet qu'un uppercut sur l'officier de police. Lisa lui balança un coup de pied sous la table.

— Excusez-le madame, il en fait toujours trop. Il ne sait pas quand s'arrêter.

— Je vois ça. Tu te crois malin, Nathan ? Tu crois vraiment que tu sais tout sur tout ? Est-ce que tu penses que tu as une vue globale de la situation ? Tu veux protéger ton amie, mais sais-tu seulement ce qui est en jeu, ce qu'est une...

Trois coups furent tapés à la porte, coupant la policière dans son monologue. Un agent, sans attendre de réponse, entrouvrit la porte, et déclara :

— Le père du gamin est là. Pour la fille, la mère a dit qu'une nuit en taule lui ferait le plus grand bien. On a essayé de la faire bouger, mais elle n'a rien voulu savoir.

— Je vous l'avais dit. Je connais ma mère, affirma Lisa.

La policière ne prononça pas un mot, la regardant avec un peu de peine, puis sortit de la pièce. Les deux amis restèrent silencieux durant ce qui sembla une éternité. Quand l'agente revint, elle était accompagnée du père de Nathan. L'homme était habillé d'un costume clair. Sa chemise semblait avoir été repassée juste avant, malgré l'heure avancée de la journée. Son regard était pétillant et les rides autour de ses yeux prouvaient qu'il avait souvent souri dans sa vie. Nathan s'était souvent demandé si ces sourires étaient de façade ou réels, mais il savait que grâce à eux, son père avait souvent réussi à remporter de beaux contrats. Il était ce qu'on appelle un grand patron. Parti de rien, il avait, à force de travail et de sacrifices, gravi les échelons de sa société. Un œil extérieur aurait parlé d'ambition personnelle. Il aurait eu tort. Paul, c'était son prénom, ne faisait pas les choses à moitié. Quand il se lançait un défi, rien ne pouvait l'arrêter. Et son principal objectif avait été d'offrir une vie privilégiée à sa famille. Nathan l'avait parfois observé lire et relire ses dossiers, préparer ses réunions jusqu'à des heures pas possibles. Il n'osait pas le regarder dans les yeux à cet instant, trop anxieux de lire la déception dans le regard de son père. Il préférait la vue de ses baskets.

— Monsieur Guérin est venu vous chercher. Il a accepté de payer les dommages auprès du magasin qui ne déposera donc pas plainte. On peut dire que vous avez de la chance.

Ne laissant pas le temps aux deux jeunes de réagir, Paul prit la parole. Nathan sursauta tant il sentit la froideur dans la voix de son père.

— Merci mademoiselle. Je vous ai assurée de la punition exemplaire que ces jeunes se verront infliger. Je vous remercie de votre aide.

— Il n'y a pas de quoi, monsieur Guérin. Par contre, si vous me le permettez, avant que vous partiez, j'aimerais m'entretenir seule à seule avec Lisa. Ça ne prendra qu'un instant.

Nathan voulut intervenir, mais le regard bleu acier de son père à cet instant l'en empêcha. Lisa quant à elle semblait résignée. Paul sortit de la pièce, suivi par son fils. Dans le couloir, alors qu'ils attendaient Lisa, Nathan tenta de lancer la conversation avec son père.

— Tu crois qu'elle veut lui parler de quoi ?

— C'est tout ce que tu as à me dire, Nathan ?

Lorsque son père l'appelait par son prénom, c'est qu'il était vraiment énervé.

— Papa, on a fait une bêtise, je suis désolé.

— Pour un disque, Nathan ? Tu n'as pas d'argent de poche ? Tu n'aurais pas pu demander ?

Nathan aurait tout fait pour être ailleurs à cet instant précis.

— Nathan, je ne vais pas te faire la morale pendant des heures. Tu as passé l'âge. Je t'ai appris ce qui était bien et ce qui ne l'était pas. J'ai tenté de te faire comprendre qu'un adulte était responsable de ses actes, il va donc falloir que tu assumes ce qui vient de se passer.

— Je vais te rembourser.

— Avec ton argent de poche ? Non, c'est trop simple, Nathan. Cet été, tu devais partir en vacances. Eh bien, à la place, tu vas travailler et la totalité de ton salaire servira à payer ce 33 tours. J'espère qu'il valait le coup.

— Mais papa, ce n'est pas juste ! Un disque, ça ne coûte pas autant !

— Non Nathan, effectivement, si tu l'avais acheté, il ne t'aurait pas coûté aussi cher.

Nathan avait la rage. Mais surtout contre lui. L'idée du vol, contrairement à ce qu'avait dit Lisa, était la sienne. Ils se trouvaient dans la boutique de disque et il avait eu l'envie irrépressible de posséder le 33 tours qui était devant lui. Il ne connaissait même pas le groupe en question, mais la photo de ce bébé nu dans une piscine devant un dollar lui avait parlé. Il n'avait pas voulu prendre le risque de gaspiller son argent sans vraiment connaître la musique de Nirvana. Même ce nom l'avait intrigué. L'idée du vol s'était imposée d'elle-même. Lisa avait tenté de l'en dissuader, mais Nathan avait rapidement fourré le disque dans son sac à dos, pressé de rentrer chez lui pour l'écouter avec son amie. Mais le comportement des jeunes gens avait dû attirer l'attention du propriétaire qui les avaient arrêtés avant qu'ils ne sortent du magasin. Après, tout s'était passé très vite. Comment aurait-il pu expliquer cela à son père ? Il ne savait même pas se l'expliquer à lui-même. Il attendit donc en silence son amie. Lorsqu'elle sortit de la salle d'interrogatoire, elle avait les yeux rouges d'avoir pleuré. Nathan détesta encore plus la flic.

# CHAPITRE 16

*Nevermind*, l'album à la pochette bleue, était posé bien en évidence sur la table. Premier d'une collection de 33 tours nonchalamment posée. Cependant, le rangement semblait trop esthétique pour être dû au hasard.

— T'as vu un fantôme ou quoi ?

Elisabeth tira Nathan de ses pensées. Il n'avait pas la moindre envie de partager la raison de son émoi avec elle.

— La vue est absolument magnifique.

Bien qu'elle ne soit pas dupe, Elisabeth décida de ne pas s'appesantir sur le sujet.

— Oui, tu as raison, c'est superbe. Et tu ne m'as pas vendu du rêve... Y a bien un flipper.

Elle s'approcha de lui et fit mine de jouer, tout en remuant lascivement son corps. Mais Nathan n'y prêta pas attention. Il n'arrivait pas à quitter le 33 tours des yeux. Il était encore sur le pas de la porte et n'avait pas posé son sac. Elisabeth s'en rendit compte.

— Nathan, y a un problème ?

Nathan cria presque :

— Tu veux dire, en dehors du fait que j'ai perdu ma meilleure amie ?

Il regretta sa brutalité instantanément et s'excusa.

— Elisabeth, je suis désolé.

Mais il vit dans son regard que cette fois-ci, il était allé trop loin.

— Nathan, je ne t'ai rien demandé, moi. C'est toi qui as proposé que je vienne. S'il s'agit d'un voyage initiatique à la con, je n'ai rien à faire ici. Il vaudrait mieux que je parte...

Nathan ne sut quoi répondre. Elle continua.

— C'est bien ce que je pensais... Je vais te laisser un moment, je vais aller m'acheter des fringues. Quand je reviendrai, on verra où tu en es et je déciderai si je rentre ou pas. Mais je pense sincèrement que je vais partir.

— Elisabeth, je suis désolé, tu as raison, je n'ai pas à dire ce genre de chose. Je t'ai dit que je t'offrirais ces fringues, alors laisse-moi y aller à ta place.

— Je vais faire comme si je n'avais pas entendu cette dernière remarque, car si tu crois que j'ai besoin de qui que ce soit pour me payer des fringues, alors on ne s'est pas bien compris.

— Je suis décidément maladroit, ce n'est pas du tout ce que je voulais...

— Ce n'est pas ce que tu voulais dire... Écoute, c'est bien le problème, alors prends le temps de savoir ce que tu veux. On en reparle quand je reviens et on voit si c'est en phase avec ce que moi, je veux.

Et, sans un regard pour lui, Elisabeth quitta l'appartement.
Nathan prit son téléphone et composa le numéro de son ami. Au bout d'une sonnerie, Michel répondit :

— Tu es enfin arrivé ?

— Oui.

— L'appartement est bien ?

— Oui.

Michel le connaissait par cœur.

— OK, des réponses monosyllabiques... Qu'est-ce qui ne va pas ?

— Tu te souviens de l'histoire du 33 tours ?

— Comment oublier que docteur Parfait a été un hors-la-loi ?

— Michel, ce n'est pas le moment.

— Désolé, Nath. Oui, je m'en souviens.

— Quelle est la probabilité que cet album soit dans l'appartement que j'ai loué ?

— Attends, je ne comprends pas ta question.

— On vient d'arriver, y a un tourne-disques, et juste à côté, cet album...

Silence au bout de la ligne.

— Rassure-moi Nathan, tu es seul là ? Car si ta copine... comment elle s'appelle déjà ?

— Elisabeth.

— Oui, c'est ça, si elle t'entend dire un truc pareil, elle risque de se tirer en courant…

Nathan, avec mauvaise humeur, confirma :

— Justement, elle vient de partir.

— Je ne comprends rien à ce que tu me dis, Nath… Et ce n'est pas fréquent que je ne te comprenne pas.

Nathan prit une grande respiration pour se calmer.

— Tu as raison, Michel. Je vais aller prendre une douche et me reposer un peu. Je suis un peu fatigué. Je te rappelle plus tard.

Sans laisser le temps à son ami de répondre, il raccrocha. Il avait envie d'entendre Kurt Cobain chanter. Il ferma la porte derrière lui, puis s'approcha du tourne-disques. Comme par hasard, le disque était déjà posé sur la platine. Nathan appuya sur le bouton pour lancer la musique, et celle-ci résonna dans tout l'appartement instantanément. Il s'approcha des baies vitrées pour admirer la vue qui effectivement était sublime.

Lisa ne lui avait jamais révélé ce que lui avait dit la policière ce jour-là dans la salle d'interrogatoire. Ce fut l'un des seuls secrets qu'elle avait emportés avec elle. Le seul, même, tout compte fait. Nathan avait cherché dans son journal intime, mais n'avait rien trouvé à ce propos. Il avait même un temps pensé que son suicide n'était pas étranger à ce qu'elle avait entendu. Ça l'aurait peut-être aidé de le savoir. Une culpabilité en moins. Son père avait tenu bon. Nathan avait travaillé tout l'été. Dur. Comme un défi. Il avait trouvé un emploi de manutentionnaire dans une entreprise de surgelés. Il aurait sûrement pu trouver mieux, mais il avait considéré ce travail comme ce qu'il était, c'est-à-dire une pénitence. Les doigts gelés par les températures négatives, il avait bien retenu la leçon et apporté ses chèques de salaire à son père. Il avait alors le secret espoir que celui-ci lui aurait rendu cet argent gagné si durement. Mais la sentence se devait d'être exemplaire. Elle l'avait été. La dernière pierre de celle-ci fut posée des années plus tard par le notaire de la famille, lors de la lecture du testament, qui fit part d'une note écrite par le père de Nathan :

> « Pour mon fils Nathan, un compte a été créé à la fin de l'été 1991, sur lequel ont été déposés deux chèques de 5 387 francs. Cet argent lui appartient. »

Nathan avait utilisé cet argent consciencieusement pour commencer sa collection de 33 tours. Il avait consacré énormément de temps pour trouver le premier. Il savait exactement ce qu'il voulait. Il avait fait des tas de brocantes, pour finalement le trouver sur les bords de Seine, dans une boutique spécialisée dans la revente de vinyles d'occasion. Il était rentré chez lui et avait allumé son tourne-disques, installé plusieurs mois auparavant, mais qu'il n'avait jamais testé. Il avait sorti le disque poussiéreux de sa pochette, l'avait nettoyé presque religieusement, puis l'avait posé sur la platine. Le disque avait à peine commencé que les larmes s'étaient mises à couler, jusqu'au dernier couplet :

> « Mais quand on a juste quinze ans
>
> On n'a pas le cœur assez grand
>
> Pour y loger toutes ces choses-là
>
> Tu vois
>
> Maintenant qu'il est loin d'ici
>
> En pensant à tout ça, je me dis

J'aimerais bien qu'il soit près de moi

Papa. »

Nathan prit son téléphone, ouvrit son application de messages, puis chercha le numéro de son père, parti depuis pourtant bien longtemps. Il avait pris l'habitude de lui envoyer parfois des messages, sachant pertinemment qu'il ne recevrait jamais de réponse. Cette fois-ci, il tapa :

> « Tu me manques. Je voulais juste encore te dire merci. Je t'aime. »

D'aucuns auraient pu trouver ce message pathétique, une partie de Nathan le pensait aussi d'ailleurs, mais il l'envoya tout de même et se sentit beaucoup mieux. Il ouvrit la fenêtre, l'air marin le saisit et lui fit du bien. Il s'approcha du bord pour observer la rue et les passages des voitures. La musique était toujours aussi forte, même depuis le balcon. Nathan se surprit à chercher des enceintes à l'extérieur, impressionné par la qualité sonore mélangée au bruit des vagues qu'il entendait parfaitement.

Il se rendit compte qu'il n'avait pas été correct avec Elisabeth, et aurait aimé s'excuser, mais n'avait même pas son numéro. Il se sentait coupable. Coupable et poisseux. Il avait besoin d'une douche. Il fit le tour de l'appartement afin de trouver la salle de bains. À l'image de l'ensemble de l'appartement, la pièce était à la fois, belle, luxueuse et fonctionnelle, sans en mettre plein la vue. Il se déshabilla, puis fit couler l'eau en tournant le robinet vers le froid. Il avait besoin de se réveiller. De se sentir en vie. L'eau lui faisait presque mal en touchant sa peau. Puis il monta progressivement la température pour atteindre la limite de la brûlure. Cela lui procura le plus grand bien et détendit tous ses muscles. En sortant de la douche, il attrapa une serviette, espérant entendre des bruits dans l'appartement qui lui feraient savoir qu'Elisabeth était revenue. Mais rien. Il était coincé. Sortir pour aller où ? Si elle décidait de revenir et qu'il n'était plus là, que penserait-elle ? Et quelles seraient ses chances de la croiser dans la rue ? Nathan s'installa donc sur le canapé, qui était idéalement placé face aux falaises d'Étretat. Il lutta contre le sommeil, sans y parvenir. Il s'endormit profondément.

# CHAPITRE 17

**Alors la marmotte, tu émerges ?**
**Apparemment pas…**
**Si c'était pour pioncer, tu aurais pu rester chez toi !**

Je me réveille à peine.
Tu exagères, j'ai dormi 2 h 30 à tout casser !

**Ben c'est 2 h 30 de plus que moi.**

Et je suis censé me sentir coupable ?

**Franchement, oui. Je te confirme, c'est de ta faute. Toi et tes appels à la con sur des vinyles et des signes que tu inventes.**

Michel ?

**Nathan ?**

Tu m'emmerdes.

**À ton service. Ta copine est revenue ?**

Je ne sais pas. Attends, je vais vérifier
dans l'appartement.

**Oh là là, quel suspense… On peut dire qu'avec toi, la vie est franchement trépidante, Nath.**

Elle dort dans une chambre. Elle est là.

**Envoie une photo que je voie à quoi elle ressemble !**

Mais t'es pas bien ! T'as quel âge ? 14 ans ?

**Non, j'ai 10 ans comme Souchon !**
**T'ar ta gueule à la récré !**

Tu es irrécupérable.

**Mais j'espère bien !**

# CHAPITRE 18

Nathan rangea son téléphone en souriant et en fredonnant la chanson que son ami avait réussi à lui mettre dans la tête. Il regarda un instant Elisabeth dormir en prenant soin de ne pas faire de bruit, puis ferma la porte derrière lui. Il se dirigea vers la cuisine et vit avec plaisir sur la table un sachet de boulangerie qui devait contenir des croissants ou des pains au chocolat. Apparemment, Elisabeth avait décidé de venir pour enterrer la hache de guerre. Cela le rassura. Elle était décidément étonnante. Il alla reprendre une douche, afin de sortir tout à fait de son sommeil, et alors qu'il sortait de la salle de bains, torse nu, il eut la surprise de trouver Elisabeth assise à table devant deux tasses fumantes. Il ressentit un picotement au cœur quand elle le regarda sans sourire.

— Il n'y avait pas de café. Seulement du chocolat en poudre. J'espère que tu apprécies le chocolat chaud.

— J'adore ça. Écoute, pour tout à l'heure, je suis vraiment…

— Désolé, oui, tu me l'as déjà dit. Nathan, je ne sais clairement pas ce que je fais ici et pourquoi j'ai accepté de venir. Mais une chose est sûre, la violence, même minime, n'est absolument pas envisageable. Alors t'es mignon, le voyage est sympa, l'idée romantique, mais ne prends pas pour une fille paumée qui rêve de finir avec un médecin et qui accepterait tout en contrepartie.

— Je ne t'ai jamais considérée comme ça. Si tu veux partir, je le comprendrais. Dans ce cas, on boit nos chocolats et on prend la route. Ou même, si tu préfères, je commande un taxi et je le paye, bien sûr.

Elisabeth parut réfléchir un instant. Un instant qui parut une éternité pour Nathan.

— Je pense qu'on va rentrer...

Nathan, extrêmement déçu, ne le laissa pas paraître.

— Très bien. Laisse-moi juste le temps de rassembler mes affaires.

Elisabeth reprit :

— On va rentrer, mais seulement après deux ou trois jours, comme prévu. Par contre, si j'entrevois ne serait-ce qu'une toute petite colère, je prendrais très au sérieux ton offre de taxi, et crois-moi, tu n'as aucune idée du prix que ça va te coûter !

Nathan eut l'impression de respirer de nouveau.

— Il n'est pas dans mon habitude de m'énerver. D'ailleurs, pour être honnête, il n'est pas dans mon habitude d'extérioriser tout court. D'ordinaire, je garde tout pour moi, mais depuis peu, je ne sais pas pourquoi, je n'arrive pas à canaliser.

— Ça doit être épuisant de toujours tout garder en soi...

Elisabeth venait de marquer un point. Il avait passé toute sa vie à garder ses sentiments profondément enfouis. Tant et si bien qu'il avait fini par ne plus ressentir grand-chose. Elisabeth tenta de remettre un peu de joie dans la conversation.

— Le temps passe vite et on a tendance à aimer le gaspiller. Alors assieds-toi, ton chocolat va refroidir. Je t'ai pris un croissant, j'espère que tu aimes ça.

Nathan s'installa face à Elisabeth, qui ajouta :

— Il ne faut pas que ça devienne une habitude, la prochaine fois, c'est toi qui iras à la boulangerie.

— La prochaine fois, nous prendrons le petit déjeuner sur la plage.

— Oh ! Je vois que vous me sortez le grand jeu, docteur. Attention, tu vas te brûler à boire aussi vite !

Nathan fit la grimace.

— Tu vois, je t'avais dit.

— Non ce n'est pas ça…

— C'est imbuvable ?

Nathan ne voulait pas vexer Elisabeth, mais il acquiesça de la tête. Elle éclata de rire.

— J'imagine que tu vas pouvoir me sortir le grand jeu plus tôt que prévu, alors.

— Je mets un tee-shirt et on y va.

Nathan alla chercher de quoi s'habiller dans son sac de voyage, prit son portefeuille, puis revint dans le salon. Il se surprit à admirer Elisabeth qui ne l'avait pas vu arriver. Elle observait la fumée s'échapper de sa tasse de chocolat chaud. Ses mains l'entouraient comme pour se réchauffer. Elle semblait perdue dans ses pensées. Son visage avait pris un aspect beaucoup plus grave. Son sourire avait disparu et ses lèvres étaient serrées. Nathan la trouva une nouvelle fois très belle. Il remarqua qu'elle bougeait son pied comme il avait l'habitude de le faire quand il était jeune, en salle de classe. Comme ça, sans raison. Il avait dû faire du bruit, car Elisabeth sortit de ses pensées, prise en flagrant délit.

— Tu as été rapide...

Il aurait aimé dire quelque chose de drôle pour détendre l'atmosphère, mais il échoua.

— Tu avais l'air perdue dans tes pensées.

— Perdue non, mais dans mes pensées, oui. On y va ? Il est d'ailleurs peut-être tard pour un petit déj, je pense qu'on va surtout nous proposer de déjeuner. Ça tombe bien, j'ai faim.

— Oui, tu as raison, et à vrai dire, moi aussi j'ai faim.

Elisabeth se leva, rinça sa tasse puis, tout en s'essuyant les mains, précisa à Nathan :

— Je n'ai pas très envie de m'encroûter dans un restau pendant des heures. Si ça te dit, on demande des plats à emporter et on se pose sur la plage ?

— Un déjeuner romantique... Vous ne seriez pas en train de me draguer, mademoiselle ? Je ne suis pas un homme facile, je vous préviens.

— Ça c'est parce que tu ne m'as jamais vue danser, sinon tu serais déjà à mes pieds ! Allez, allons-y au lieu de dire des bêtises !

Elisabeth le prit par la main et ils quittèrent tous les deux l'appartement.

Une fois dans la rue, l'odeur iodée de la mer stoppa Nathan tout net. Elisabeth sembla comprendre et le laissa prendre le temps de profiter. Nathan ferma les yeux pour mieux apprécier le moment. Au loin, il pouvait entendre les vagues. Le vent léger, mais très froid, lui frappait le visage. Il avait le sentiment de ressentir chacun de ses muscles, comme lorsque le corps trop engourdi recommence à bouger et qu'il est parcouru de fourmis, des milliers de petites décharges électriques qui rappellent à notre bon souvenir chacune de nos terminaisons nerveuses. Nathan avait l'impression de sortir d'un long sommeil. À force de veiller quotidiennement sur Lisa, il s'était lui aussi enfermé dans une sorte de coma, s'interdisant de vivre pleinement. Il sentit la main d'Elisabeth serrer un peu plus fort la sienne.

Elle s'approcha de lui. Il la prit dans ses bras. La sentir contre lui lui faisait du bien. Comme une partie de lui. Il se sentit idiot de penser cela, mais il n'aurait su l'expliquer autrement.

Le couple resta ainsi, sans bouger, partageant une énergie invisible. Puis, Elisabeth embrassa Nathan, ce qui sembla le sortir de sa léthargie. Sans un mot, ils reprirent leur route sans but défini, si ce n'est l'envie de déambuler en silence dans les rues d'Étretat. Les maisons normandes se suivaient sans vraiment se ressembler. Parfois, ils s'arrêtaient pour admirer des vitrines, sans entrer dans les boutiques. Nathan ne se souvenait plus de la dernière fois où il avait fait du lèche-vitrines comme ça.

— Je ne savais pas qu'il y avait un carnaval à Étretat.

Elisabeth l'avait tiré de ses pensées. Nathan s'étonna.

— Pardon ?

— Regarde là-bas. C'est quoi, une fanfare, non ?

Nathan dut plisser les yeux pour voir de quoi Elisabeth parlait, mais elle semblait avoir raison. Il aperçut un petit groupe d'environ quinze personnes, chacune portant un instrument de musique et habillée comme un troubadour du Moyen Âge : couleurs vives, pantalon bouffant et chapeau à plumes. Ils auraient pu être ridicules s'ils n'étaient pas aussi synchronisés dans leurs mouvements. Marchant en rythme, suivant celui qui semblait être le leader – il portait une énorme grosse caisse – leur musique était lointaine, mais semblait rendre heureux les passants.

— Je n'ai jamais entendu parler de carnaval ici, ni même de fanfare…

— Approchons-nous ! Je veux aller les écouter !

Sans même lui laisser le temps de répondre, Elisabeth attrapa la main de Nathan et s'élança en direction du groupe de musique. Plus ils s'approchaient et plus la musique était forte, mais surtout, plus l'ambiance générale changeait. Les piétons semblaient plus joyeux, des sourires apparaissaient, des couples décidaient de se prendre la main. Des enfants tentaient de reproduire, avec plus ou moins de réussite, la chorégraphie réalisée avec grâce par les musiciens. Nathan se surprit à sourire. Presque arrivés à destination, ils ralentirent. Elisabeth était rayonnante.

— J'adore ces ambiances ! Tu vois comme la musique rapproche les gens ? Comme ça les rend heureux ?

Nathan ne put qu'acquiescer. Il regarda avec un peu plus d'attention les musiciens. Le spectacle était exécuté avec professionnalisme, sans doute au prix de nombreuses répétitions. Dire qu'il était impressionné était un euphémisme. Mais il était surtout stupéfait de constater qu'Elisabeth avait raison. Une sorte de territoire invisible s'était créé, dans lequel les passants affichaient tous un large sourire. Nathan sentit Elisabeth le prendre par l'épaule et tenter de commencer à danser une valse. Gêné, Nathan se dégagea. Un peu déçue, Elisabeth continua de danser, le toisant d'un regard narquois.

— Elisabeth, tout le monde nous regarde, se justifia Nathan.

Elle ne répondit rien, forçant volontairement chacun de ses mouvements.

— À la rigueur, si tu voulais être précis, tu pourrais dire tout le monde TE regarde, puisque tu es un vieux grincheux. Et même si c'était vrai et qu'on me regardait, je m'en fous. Je m'en fous, Nathan. Je danse et j'emmerde les autres.

Nathan ne savait plus où se mettre. Elisabeth reprit de plus belle, tout en enlevant ses baskets.

— Voilà, comme ça je serai plus à l'aise.

Et elle se mit à danser. Bien. Très bien, même. Telle une danseuse étoile habitée par la musique. Ses bras, ses jambes, toute une harmonie se mit en place. Harmonie remarquée par les musiciens qui, sans même se concerter, changèrent de registre pour une musique de Yann Tiersen. Nathan connaissait ce morceau. C'est celui qu'il imposait à son équipe pour les opérations les plus sensibles. Tiré de la bande originale d'un film qui l'avait marqué. *Le Fabuleux Destin d'Amélie Poulain*. Ce film, lorsqu'il était allé le voir au cinéma, avait davantage fait grandir son manque de Lisa. D'ailleurs, il avait vu et revu le film dans la chambre d'hôpital, aux côtés de son amie plongée dans le coma. Il ne savait pas si elle avait entendu quelque chose, mais ça lui avait fait du bien.

Nathan observait Elisabeth se mouvoir avec grâce sur les notes de musique. Loin d'être ridicule, elle enchaînait les figures de danse classique avec une aisance déconcertante.
Une foule de curieux s'était formée, l'observant en silence, presque religieusement. Lorsque la musique prit fin, Elisabeth eut le droit à un tonnerre d'applaudissements. Nathan ne put s'empêcher lui aussi de la féliciter pour sa performance. S'approchant d'elle, alors qu'elle remettait ses baskets, il déclara :

— J'ai le sentiment de me répéter, mais tu es étonnante, Elisabeth.

— Et c'est une bonne chose ?

— Bizarrement, oui. Dans mon métier, l'imprévu n'est pas forcément bon signe, ce qui fait que je l'évite tout le temps à tout prix, même dans ma vie personnelle. Mais avec toi...

Il n'eut pas le temps de terminer qu'Elisabeth l'embrassa. Le fait de la sentir contre lui, après l'avoir vue danser ainsi, lui donna envie de la serrer plus fort. Ses mains passèrent dans ses cheveux blonds. Il sentit sa respiration s'accélérer. Plus petite que lui, elle se tenait sur la pointe des pieds pour que son visage soit à son niveau. Elle avait entouré Nathan de ses bras et, pendant un instant, tout, la foule, le bruit, la musique, tout avait disparu. Il n'y avait plus qu'eux deux. D'un seul coup, Nathan eut le sentiment que la place s'était vidée. Des papillons décollèrent par milliers du bas de son estomac, sensation qui lui était totalement inconnue. Il serra plus fort encore Elisabeth. L'instant était délicieux. Les lèvres d'Elisabeth l'étaient plus encore. Nathan caressa sa peau, douce et fraîche. Il regrettait d'être sorti. De ne pas être seul dans l'appartement avec elle.

— Nathan ?

Il la regarda, attendant impatiemment la suite de sa phrase.

— Ton téléphone !

Nathan ne comprit pas tout de suite.

— Ton téléphone ! Il n'arrête pas de sonner, c'est peut-être important.

Tout à coup, tout se remit en place, la foule, les odeurs de crêpes qui sortaient des restaurants, le bruit des enfants en train de jouer.... Dur retour à la réalité. Néanmoins, Nathan sortit son téléphone et l'approcha de son oreille. Avant qu'il parle, Elisabeth déposa un baiser silencieux sur ses lèvres. Cela le fit sourire.

— Guérin, j'écoute.

Elisabeth murmura :

— Y a du progrès, il n'a pas sorti son « docteur ».

Nathan lui fit un clin d'œil et comme par défi, il se reprit :

— Docteur Guérin, j'écoute.

Son regard se fit plus sombre. Instinctivement, comme pour mieux se concentrer, il fit un pas en arrière. Sa correspondante l'interpella :

— Docteur Nathan Guérin ? Commissaire Kaidar. Je ne sais pas si vous vous souvenez de moi.

Devant le silence de Nathan, la commissaire se sentit obligée de répéter :

— Docteur Guérin ? Je suis la commissaire Kaidar, je ne sais pas si vous vous souvenez de moi.

Le ton de Nathan se fit glacial :

— Commissaire ? Vous avez fini par être commissaire ? À force d'écraser les victimes et de protéger les coupables ?

— Écoutez, je ne vais pas répondre à cette remarque. C'est la douleur qui parle, et je la comprends. Je viens d'avoir un appel de la mère de Lisa. Elle vient de me dire. Je suis désolée, Nathan.

— Désolée ? Désolée de quoi, commissaire ?

— Mon appel n'est pas destiné à lancer des polémiques, Nathan. Au contraire. J'aimerais vous rencontrer. S'il vous plaît.

— Me rencontrer ? Mais pourquoi ?

— Je ne veux pas en parler au téléphone. Je ne suis plus à Paris, mais je suis prête, par respect pour Lisa, à y venir spécialement pour vous voir. C'est une promesse que je lui avais faite. Et je respecte toujours mes promesses.

— Une promesse ? À Lisa ? Quand ? Vous vous foutez de moi ?

La brutalité de ses propos sembla faire peur à Elisabeth qui recula de quelques pas. Pour la rassurer, Nathan posa sa main sur son avant-bras. Il prit sur lui pour tenter de continuer la discussion calmement.

— Écoutez, « commissaire »...

Il avait volontairement exagéré le titre de sa correspondante.

— S'il s'agit d'une promesse faite à Lisa, alors je suis d'accord pour vous rencontrer. De plus, franchement, vous m'intriguez. Mais vous allez devoir attendre un peu, je ne serai pas à Paris jusqu'à l'enterrement. J'ai eu besoin de prendre l'air.

— Je vous l'ai dit, je ne suis plus à Paris, j'ai moi aussi eu besoin de changer d'air. Je travaille à Rouen.

— Rouen, vous dites ? Eh bien finalement, vous allez y gagner au change. Je suis à Étretat.

La commissaire, si elle fut étonnée, ne laissa rien paraître, puisqu'elle demanda aussitôt :

— C'est parfait, que dites-vous de ce soir ? 18 heures au jardin du Silence. Tapez ça sur votre téléphone, vous verrez, l'accès est facile.

Elle raccrocha, laissant Nathan sans voix. Il resta figé, le téléphone collé à son oreille.

# CHAPITRE 19

Une plage, la mer, des enfants qui crient. Nathan, cinq ans, joue dans le sable. Il a décidé de faire un château. Le plus grand, le plus beau. Il jette de temps en temps un œil à ses parents qui sont derrière lui et qui se reposent. Ça le rassure de les savoir là. Ils sont arrivés la veille dans cette ville dont il a oublié le nom. Il sait qu'on est proches de la ville de son père. Il est fier, d'ailleurs, que son père ait sa propre ville. Elle s'appelle Pellier. Nom bizarre pour une ville, mais à cinq ans, tous les noms de villes sont bizarres. Son père l'a redit ce matin, dans l'après-midi, toute la famille ira faire les courses à « Mon Pellier ». Le Pellier de son père. Ah ça, les pères de ses camarades d'école n'ont pas leur ville rien qu'à eux ! La route depuis Paris dans le camping-car a été longue, mais Nathan ne s'est pas ennuyé. Il a observé ses parents chanter tout le long de la route, en se tenant la main. Il aime surtout les vacances pour cela, le fait d'être tous ensemble dans un petit appartement sur roues. Certains diraient les uns sur les autres, mais pas Nathan.

La plage est grande et bruyante, mais le petit garçon est fasciné par la mer face à lui. Il a besoin de nettoyer son seau. Alors, il s'approche de l'eau, et tout à coup, tout va très vite. Trop vite. Les adultes hurlent, un homme court et plonge. Il n'a pas fait attention et le bouscule. Nathan tombe dans l'eau. Il pleure. L'eau lui pique les yeux.

Quand il se relève, il voit cet adulte qui revient avec quelqu'un dans les bras. Une petite fille. Nathan est petit, mais il comprend au visage de la personne qui court qu'il se passe quelque chose de grave. Il suit l'adulte, car il veut comprendre. Il aime comprendre. Comme il est petit, il arrive à se faufiler entre toutes les grandes jambes et à s'approcher du centre du cercle des curieux. L'homme est penché sur la petite fille qui dort. Elle a le visage grave, comme si elle faisait la tête. Nathan regarde l'adulte tenter de la réveiller en appuyant sur son plexus, mais ça ne fonctionne pas. Nathan a envie de lui dire que la technique de son père est plus efficace. Il chante une chanson qu'il connaît par cœur et qui commence par : « Debout les gars, réveillez-vous ! »

Nathan aimerait intervenir, mais il n'ose pas. Pourtant, il est sûr que ça marcherait. Il voit un couple qui pleure. L'homme s'acharne et semble s'énerver contre la petite fille, mais elle doit être vraiment fatiguée. Nathan entend quelqu'un dire : « Il faudrait un docteur ! Y a-t-il un docteur ? » Mais apparemment, pas de docteur sur cette plage. Les pleurs du couple redoublent. Le père crie : « C'est ma fille ! Elisabeth, reviens. Ce n'est pas possible, je ne me suis assoupi que deux minutes ! »

Mais visiblement, la petite fille n'a pas envie de revenir et aucun docteur n'est là pour la convaincre. Nathan se sent soulevé de terre. Son père, probablement alerté par l'agitation, est venu le chercher. Il avait envie de voir son château, lui dit-il. Mais Nathan comprend bien à son regard qu'il pense à autre chose.

— Papa, plus tard, moi, je veux être docteur, je n'aime pas voir des gens pleurer.

Son père l'a regardé avec amour et l'a embrassé. Cette « réponse » avait conforté Nathan dans son choix.

# CHAPITRE 20

Sur la plage, face au repas à emporter qu'ils avaient acheté dans un restaurant du bord de mer, Nathan pensa à haute voix :

— J'avais oublié, mais c'est sur une plage, et grâce à une Elisabeth, que j'ai trouvé ma vocation.

— Ah oui ? Tu veux me raconter ?

Nathan essuya la mayonnaise qu'avait Elisabeth au coin de la bouche et raconta :

— Quand j'avais cinq ans, une petite fille s'est noyée sur une plage. Ça m'a marqué. Ses parents n'arrêtaient pas de répéter son prénom. Elisabeth.

Un silence s'installa.

— C'est horrible comme expérience. Pour toi, mais surtout pour les parents. Je n'ose pas imaginer.

— J'avais complètement oublié. Jusqu'à maintenant.

— Tu te rends compte le nombre de vies sauvées à cause ou grâce à la mort de cette petite fille ?

Nathan ne répondit pas. Perdu dans ses pensées. Serait-il devenu médecin sans cet événement ? Ses expériences passées et traumatiques avaient façonné sa vie, mais aurait-il fait les mêmes choix avec un autre vécu ? Bizarre de se rendre compte que lui qui avait passé sa vie à se dire qu'il en était là car il l'avait décidé, ne l'était peut-être qu'à la faveur d'une succession de hasards. Il décida de prendre les choses à la légère.

— J'aurais pu finir sauveteur, mais le maillot de bain me va beaucoup moins bien que la blouse blanche.

— Pourtant, j'aurais adoré te voir courir au ralenti... On se baigne ?

Nathan n'eut pas le temps de répondre que déjà, Elisabeth commençait à se déshabiller. Apparemment, elle avait pensé à acheter un maillot de bain. Lui n'en avait pas. Elle sembla lire dans ses pensées.

— C'est plus simple pour un homme. Tu peux te baigner en caleçon. À moins que tu sois de la team slip kangourou, ce qui me décevrait beaucoup !

Nathan était bien de la team caleçon, mais là n'était pas le problème.

— L'eau doit être gelée.

— Ça ne t'arrive jamais de prendre des douches froides ? Allez papi ! Lâche-toi un peu !

Piqué au vif, Nathan commença lui aussi à se dévêtir. Une fois en caleçon, il se mit à courir dans l'eau. Il ne s'était pas trompé, elle était glacée, mais il adorait ça !

Il plongea et, en un instant, se retrouva dans un monde de silence. Tout son corps lui rappelait à coup de petites douleurs combien l'eau était froide et combien lui était vivant. Lorsqu'il sortit la tête de l'eau, Elisabeth était à ses côtés. Elle se colla à lui et l'embrassa. Longuement. Lascivement. Sous l'eau, elle entoura son bassin de ses jambes. Nathan se surprit à vérifier que personne ne les regardait. Les doigts d'Elisabeth parcoururent le corps de Nathan, dont la chair de poule n'était désormais plus liée à la température de l'eau. Nathan n'avait jamais connu une telle sensation, une telle excitation, un tel sentiment de ne faire qu'un. L'eau de mer les recouvrait totalement, et même si personne ne pouvait les voir, Elisabeth se pencha pour lui susurrer :

— Et si on allait essayer le flipper ?

Nathan n'aurait pas pu mieux lui proposer de rentrer. Ils sortirent tous les deux en courant de l'eau. Tout en se séchant, Elisabeth dit à Nathan :

— Tu sais qu'on n'a pas tant de temps que cela, puisque tu as rendez-vous avec ta flic.

Nathan regarda sa montre et fut étonné de la vitesse à laquelle le temps était passé. Il aurait été tenté de ne pas aller à l'entrevue, mais là encore, on aurait dit qu'Elisabeth était dans sa tête.

— Tu l'as dit toi-même Nathan, une promesse est une promesse. Je t'attendrai à l'appartement. Et puis, c'est sympathique aussi de jouer au flipper toute seule.

Son sourire ne laissait aucun doute quant au double sens de sa remarque. Nathan n'en fut que plus troublé.

— Si on se dépêche, tu pourras même m'acheter une crêpe sur le chemin.

— Ma parole, tu ne penses qu'à manger ?

— Non, pas qu'à ça… Au Nutella, la crêpe, s'il te plaît !

Nathan rit tout en se dépêchant de se rhabiller. Apparemment pas assez vite, puisqu'Elisabeth l'attendait.

Ils quittèrent la plage main dans la main. Nathan avait l'impression de la connaître depuis des années. Depuis toujours, presque. Et ce sentiment était agréable, grisant même. La crêpe fut mangée avant même d'arriver à l'appartement. Nathan se hâta de se préparer afin d'aller à son rendez-vous. Il avait décidé de s'habiller d'un pantalon de survêtement et d'un tee-shirt. Elisabeth était allongée sur le canapé, à moitié endormie, lorsqu'il s'approcha d'elle.

— Je reviens au plus vite. Je suis vraiment navré de t'abandonner là.

Elisabeth ne semblait pas lui en vouloir.

— Prends ton temps. Ça semble important. Je ne bouge pas. J'ai du Wi-Fi, mon téléphone, que demande le peuple ? Règle ce que tu as à régler.

Nathan l'embrassa et partit. Il avait pris la décision d'y aller en courant, pour se remettre les idées en place. Il n'avait aucune idée de ce qu'allait lui dire la policière. Ce qu'il savait en revanche, c'est qu'il n'était plus l'adolescent pris en faute et qu'il ne se gênerait pas pour lui faire comprendre que sa gestion de ce qui était arrivé à Lisa avait été en dessous de tout. Il plaça ses écouteurs pour marcher en musique, puis déclencha la navigation GPS spéciale piéton et commença sa course. Il aimait courir, même s'il n'avait jamais été suffisamment entraîné pour tenter un marathon ou même un semi-marathon. Mais ce moment seul face à lui-même, musique à fond, en sentant sa respiration s'accélérer, lui permettait une remise en question personnelle qui lui faisait du bien. Les dernières technologies d'écouteurs le coupaient totalement des sons extérieurs, le faisant entrer dans une bulle où seule la performance comptait.

Ses souvenirs des différentes rencontres avec la policière étaient gravés dans sa mémoire. Il s'était rejoué les scènes tellement de fois, comme dans un film. D'ailleurs, parfois, il s'imaginait réagir autrement. Il aurait aimé avoir ce courage à l'époque. Comprendre que l'autorité n'avait pas toujours raison lui aurait peut-être permis de sauver son amie. Lisa s'était enfermée dans son drame, sans laisser personne l'aider à en sortir. Pas même lui. Elle lui avait tendu la main en lui racontant ce qui s'était passé, mais il n'avait pas réussi à la soustraire à son mal-être. Et il s'en voulait.
Tout en accélérant son rythme, Nathan se rendit compte qu'il l'avait adapté à celui de la musique qu'il écoutait. De manière totalement inconsciente, mais réellement synchronisée. Avec amusement, il s'aperçut qu'il suivait plusieurs coureurs qui, sans entendre la musique, avançaient eux aussi en rythme. Ils ressemblaient à ces bodybuilders huilés hollywoodiens qui grimacent exagérément avant une compétition importante.

Le GPS indiqua : « Votre destination se situe à 50 mètres sur votre droite. »

Nathan voyait en effet l'entrée du jardin public. Il ralentit. Il n'eut pas besoin de chercher la commissaire, celle-ci l'attendait devant le portail. Elle n'avait pas beaucoup changé. Dans son souvenir, elle avait un style très garconne, c'était l'une des rares choses qu'elle avait dû décider de changer au cours des précédentes années. Elle avait troqué le jean-baskets pour un tailleur très bien coupé. Nathan n'était pas spécialiste, mais il n'aurait pas été étonné d'y trouver une étiquette de marque connue.

— Apparemment, ça paye bien, commissaire.

— Sûrement pas autant que médecin, mais on n'a pas à se plaindre. Néanmoins, Nathan, je ne vous ai pas fait venir pour me battre, vous n'auriez aucune chance, ni pour parler salaire, puisque là aucun doute, c'est moi qui perdrais. Il y a une buvette là-bas, le mieux est qu'on aille s'asseoir.

Nathan eut envie de refuser, par principe, mais maintenant qu'il était là, il devait écouter ce qu'elle avait à lui dire.

# CHAPITRE 21

Nathan était sorti derrière son père, laissant les deux femmes seules dans la pièce. Noémie Kaidar, flic fraîchement arrivée dans ce commissariat, s'était tournée vers Lisa.

— Écoute Lisa, je ne vais pas tourner autour du pot. Sais-tu pourquoi je t'ai demandé de rester avec moi ? Seule ?

— Pour me faire la leçon. Ma mère n'est pas venue, alors vous vous dites que c'est votre rôle. Que je suis une... comment dit-on déjà ? Une cause perdue. Et pas besoin de sortir de Saint-Cyr pour comprendre que vous aimez les causes perdues, sinon vous n'auriez pas choisi ce métier...

Lisa avait débité tout cela sans respirer. D'un trait, comme si elle l'avait préparé. Et Noémie ne s'y attendait visiblement pas, puisqu'elle était restée un instant sans voix.

— Non, Lisa. Je voudrais t'expliquer pourquoi lors de notre dernière rencontre, j'ai été dure avec toi.

Lisa la coupa.

— Vous me prenez pour une idiote ? Vous m'avez fait le coup du *bad cop* pour voir si je disais la vérité.

— Non Lisa, d'abord, je ne te prends pas pour une idiote, ensuite, je sais que tu dis la vérité.

— Ah oui ? Alors pourquoi ? Pourquoi vous m'avez traitée comme si j'étais une menteuse ? Comme si c'était de ma faute ?

— Je pourrais te dire que je voulais te préparer à ce que tu allais subir, car crois-moi, l'avocat de la partie adverse n'y serait pas allé de main morte. Mais je ne vais pas te mentir. Sais-tu quelle est ma spécialité dans la police ?

— Je ne savais même pas qu'il y avait des spécialités.

— Je suis à la crim', Lisa, c'est-à-dire que mon domaine à moi, ce sont les crimes, pas les viols, et encore moins les vols.

Lisa ne comprenait pas.

— Et donc, je dois me sentir honorée que vous vous occupiez de moi ?

— Non, Lisa, pas du tout, mais il se trouve que j'ai décidé de m'occuper de ton affaire quand j'ai vu le nom d'un des suspects.

Lisa hurla :

— Ce n'est pas une affaire ! C'est ma vie ! Et ce ne sont pas des suspects, mais des coupables !

Noémie se mordit la lèvre, comprenant que le choix de ses mots était maladroit.

— Tu as raison Lisa, mais dans la police, on a notre manière de parler et on a des processus à respecter. En tout cas, l'une des personnes que tu as nommées a fait lever des drapeaux rouges, Lisa, et c'est pour ça que j'ai décidé de te voir pour ton dépôt de plainte pour viol.

— Qui ?

Je n'ai pas le droit de te le dire, même si je crois que tu le sais. L'un de tes agresseurs a disparu, ne donne plus signe de vie, et sa disparition coïncide avec le départ de ton père.

— Mon père s'est barré avec sa maîtresse... Demandez à ma mère.

— Justement, on lui a demandé et ses réponses ne sont pas très claires. As-tu parlé de ton viol à tes parents, Lisa ?

— Ça ne vous regarde pas, et puis je ne comprends rien à ce que vous me dites.

— Lisa, je ne suis pas ton ennemie, crois-moi. Et puis si quelqu'un peut comprendre, c'est bien moi. Si je t'ai bousculée, c'était pour voir si tu avais quelque chose à voir avec cette disparition. Et je crois que non. Il s'agit donc de quelqu'un d'autre. Réponds à ma question, Lisa. En as-tu parlé à tes parents ?

— Je vous ai dit que non !

Lisa avait hurlé sa réponse, en larmes. Noémie avait compris qu'elle n'en tirerait rien de plus ce soir-là.

# CHAPITRE 22

— Vous mentez.

Nathan avait coupé la parole de la flic avec calme.

— Pardon ?

— Je vous dis que vous mentez. Lisa n'avait aucune raison de me cacher cette conversation.

— Tu ne connais pas toute l'histoire, je t'ai simplement dit que je l'avais laissée partir ce soir-là. Pourquoi elle ne t'en a pas parlé, tu peux peut-être le comprendre si tu me laisses continuer mon histoire.

Nathan regarda au-dessus de la commissaire, pensif. Il ne savait pas s'il devait continuer à perdre son temps ainsi. Elisabeth l'attendait à l'appartement. Mais sa curiosité l'emporta.

— Allez-y, je vous écoute. Mais je veux que vous sachiez que j'ai beaucoup de mal à vous croire.

Noémie respira un grand coup, comme pour retenir une réponse qu'elle aurait pu regretter.

— Cet été-là, tu as beaucoup travaillé. Je ne me souviens plus dans quoi, mais je sais que tu n'as pas chômé, car Lisa était souvent toute seule.

— Mon père vous avait promis une punition exemplaire... Et il tenait toujours ses promesses.

— Tu n'as pas idée de l'énergie qu'il a dû déployer pour que le magasin ne porte pas plainte. Mais c'est un autre sujet. Donc, comme je te le disais, tu n'étais pas beaucoup là. Et un matin, Lisa s'est pointée dans mon bureau. Elle s'était renseignée et avait découvert que son « petit ami » avait en effet disparu. Elle avait compris qu'on soupçonnait son père. Elle est venue pour me dire qu'il n'avait rien avoir dans cette disparition Elle avait raison. Il s'avère que ce petit con avait simplement pris peur et avait foutu le camp. Il avait compris, je ne sais pas comment, que tu étais en train de convaincre Lisa de porter plainte.

— Parce que je lui avais dit...

— Pardon ?

Nathan, agacé, reprit :

— Un jour, après un cours de sport, dans les vestiaires, il la ramenait un peu trop, alors je l'ai collé au mur. Je ne voulais pas me faire virer, alors je me suis contenté de lui dire que j'allais la convaincre de porter plainte.

— En tout cas, il t'a cru, car il a disparu du jour au lendemain, sans rien dire à ses amis, ni à sa famille. On a vraiment cru à un homicide et pensé que c'était le père de Lisa. Tout coïncidait.

— Non.

— Comment ?

— Non, le père de Lisa est parti avant même qu'elle me connaisse.

— Oui, ça, je l'ai compris plus tard.

— Bravo pour le travail d'enquête...

Noémie prit la remarque sans moucheter. Nathan continua :

— Vous vous rendez compte que sans votre intervention, Lisa aurait sûrement porté plainte et que ces connards auraient fini en taule ?

Noémie perdit son calme.

— Oui, Nathan, oui je le sais ! J'aimerais te dire que c'est la seule connerie de ma carrière, mais ce n'est pas le cas. Quand on devient flic, on n'en reste pas moins humain. Toi qui es médecin, tu ne t'es jamais planté ?

Nathan ne sut que répondre. Il connaissait lui aussi ses erreurs, ses limites.

— Et donc, je suis là pourquoi ? Pour vous donner une sorte d'absolution ?

— En fait non, Nathan, c'est même tout le contraire. C'est moi qui suis là pour ça.

Nathan ne répondit rien, sous le choc de ce que venait de lui dire la policière. Puis, il éclata de rire.

— Rien que ça ? Oh, mais commissaire, merci ! Merci de vous être déplacée, merci d'avoir pris de votre temps, mais j'ai une très mauvaise nouvelle pour vous, Jj n'ai pas besoin de vous. Je n'ai jamais eu besoin de personne.

La commissaire, d'expérience, savait qu'il fallait laisser parler la colère. Elle ne répondit rien. Déstabilisé par le manque de réaction, Nathan renchérit :

— Et même si ça avait été le cas, vous arrivez vingt ans trop tard ! Vingt ans ! Vous étiez où pendant ces vingt ans ? Vous savez la bataille que j'ai menée pour que les médecins ne la débranchent pas ? Elle était dans le coma.

Mort clinique. Un coût, une charge, plus une personne. Pas d'espoir de rétablissement. Les médecins ne se sont pas acharnés pour la sauver. Moi, je n'étais qu'un étudiant en médecine. Personne ne me prenait au sérieux. Et sa mère...

Il fit une grimace de dégoût.

— Sa mère, on se demande si ça ne l'aurait pas arrangée de s'en débarrasser. Je me suis battue avec elle ! J'ai dit que j'allais payer, que j'irai la voir tous les jours... Et je l'ai fait ! Et vous, vous étiez où ? Pas là ! D'ailleurs, je ne vous en veux pas, ce n'était pas votre rôle. Mais je vous interdis de vous pointer là et de me promettre l'absolution ! JE NE ME SENS COUPABLE DE RIEN !

Il avait hurlé ces derniers mots comme on s'accroche à un espoir minime. Et il en était conscient. Et là encore, le silence fut la seule réponse de la commissaire. Pendant un moment qui sembla une éternité, le jardin porta parfaitement bien son nom. Le jardin du Silence. Un peu calmé, Nathan murmura :

— Elle me manque et je lui en veux d'avoir fait ça. Moi... Moi, je suis innocent.

Il rit, un peu moqueur.

— Vous devez être un bon flic, ça ne fait pas deux minutes qu'on est ensemble et je clame déjà mon innocence...

Noémie sourit avec indulgence, mais continua de se taire.

— J'adorerais dire que j'avais un mauvais pressentiment ce jour-là, mais je n'ai rien vu venir. J'avais même l'impression qu'elle allait mieux. Souvent, après, j'ai essayé de trouver des indices qui m'auraient permis de...

Il sembla perdu dans ses pensées, puis reprit :

— Mais non, je n'ai rien vu venir.

La policière choisit cet instant pour prendre la parole.

— Parce qu'il n'y avait rien à voir, Nathan. Elle allait mieux. C'est vrai. Elle était amoureuse, elle recommençait à être heureuse.

— Amoureuse ?

— Tu sais, cet été-là, elle est revenue souvent me voir. Et j'ai découvert une fille, non, une femme vraiment exceptionnelle. Je ne t'apprends rien. Au début, je la recevais seulement dans le cadre de l'enquête. On peut même dire que je l'utilisais. Je pensais qu'en la faisant parler, je pourrais comprendre ce qui s'était passé. Et puis, à force, j'ai commencé à l'écouter. Et...

— Et elle était à part...

— Oui, c'est ça, à part. Et puis un jour, je me suis rendu compte que j'attendais avec impatience de la voir, de parler avec elle, de partager des choses... Et je crois qu'on peut dire qu'on est devenue amies, en tout cas, plus proches. Et elle a commencé à me parler un peu plus librement. Et oui, elle était amoureuse. De toi. Mais tu le sais, il me semble.

Le silence de Nathan constitua une réponse à part entière.

— Oui, tu le savais. Et elle avait compris que ses sentiments étaient partagés, mais que ce n'était pas le moment pour toi. Qu'il fallait d'abord que tu deviennes médecin, que tu t'amuses, que tu deviennes un homme. Et elle était prête à attendre.

Nathan prit sur lui pour ne pas pleurer. Hors de question que cette flic puisse voir la moindre larme.

— Elle était en paix, Nathan. Elle était forte, en tout cas, c'est ce que moi aussi, je croyais. Elle avait même prévu de t'annoncer qu'elle avait décidé de changer d'idée de métier.

— Pardon ?

— Oui, elle avait décidé d'abandonner les Beaux-Arts... pour entrer à l'école de police.

Le commissaire observa un instant la réaction sur le visage de Nathan ou plutôt, l'absence de réaction.

— Mais ça aussi, apparemment, tu le savais déjà.

Nathan acquiesça doucement.

— Lorsque j'ai rangé ses affaires, je suis tombé sur un dossier d'inscription. Il n'était pas encore rempli.

— Elle voulait se spécialiser dans la gestion des victimes de viol. Aujourd'hui, c'est plus répandu, mais à l'époque, c'était... comment dire... La parole des victimes n'était pas prise en compte. Je l'ai soutenue, car je me sentais mal à cause de la manière dont je l'avais reçue. Ne dis rien, ton sarcasme ne servirait pas à grand-chose. Je me sens déjà suffisamment coupable, Nathan.

— Alors pourquoi ? Si tout allait si bien, pourquoi ?

La commissaire prit le temps de répondre.

— Parce qu'il était revenu.

— Quoi ? Qui ?

— Son « petit ami ». Ne voyant pas de mandat d'amener, il a compris qu'il n'avait rien à craindre, alors il est rentré chez lui. Et la première chose qu'il a faite en arrivant chez ses parents, c'est appeler Lisa pour lui dire que si elle n'avait pas porté plainte, c'est que finalement, elle avait... Putain, ça me dégoûte de le dire... C'est que finalement, elle avait dû aimer ça.

— Et pourquoi elle n'a pas porté plainte ?

— Elle avait prévu de le faire.

Noémie sortit de son sac à dos un dossier. Il semblait avoir été lu et relu de nombreuses fois. Elle le tendit sans un mot à Nathan qui s'en saisit sans vraiment comprendre. Noémie lui fit signe de le lire.

# CHAPITRE 23

Inspecteur Noémie Kaidar
Commissariat du 17e arrondissement
Paris

Chère Noémie,

L'écriture a toujours été plus facile pour moi, et même si je sais que je vais devoir parler, expliquer, et même me justifier, j'ai décidé d'abord de coucher par écrit les événements, avant de venir officiellement porter plainte. Je ne suis personne. Enfin, dans la chaîne alimentaire du lycée, je n'ai jamais été quelqu'un, donc ça a fait de moi... personne.

Une fille banale, qui venait le matin, son sac d'école sur le dos, ses Vans un peu abîmées, sans histoires et sans relief. J'ai toujours regardé les élèves populaires avec envie, mais avec curiosité aussi. Cette aisance, cette capacité à rassembler, ça m'a toujours intriguée, non, fascinée pour être honnête. Moi je n'étais ni en haut, ni en bas. Ça aurait pu me suffire, avec le recul, ça aurait même dû me suffire, mais un poète a écrit un jour « On n'est pas sérieux quand on a 17 ans », alors j'ai voulu changer. J'ai troqué mon jean contre des jupes courtes, mes Vans contre des Dr.

Martens, et puis j'ai commencé à partir un peu plus tôt le matin pour avoir le temps de me maquiller sur la route. Ça ne m'a pas rendue plus jolie, plus intéressante, ou juste un peu plus visible, mais en tout cas, lui m'a vue. Anthony. Aujourd'hui, ce prénom me fait vomir, mais à l'époque, il me faisait rêver. Je ne me fais pas beaucoup d'illusions avec le recul. Il avait le tour de toutes les jolies filles du lycée, alors il s'est rabattu sur les potables. Et donc, sur moi.

Pas un bon élève, mais pas non plus le stéréotype du bad boy. En même temps, avec un père avocat et une mère psy, il avait un certain standing. Évidemment, tout le monde l'appelait Tony, mais pas moi. Moi j'ai toujours continué à l'appeler Anthony. Il me disait qu'il aimait ça. Que ça faisait adulte. Tu as remarqué comme nous, les jeunes, on aime faire plus vieux, alors que vous, les vieux, vous faites tout ce que vous pouvez pour paraître plus jeunes. C'est bizarre, non ? En tout cas, il aimait que je l'appelle Anthony. Et moi, je trouvais que ça lui donnait du charme. Alors quand il est venu pour me demander de sortir avec lui, j'ai été la plus heureuse des filles. Je n'ai jamais plus ressenti la même chose. Et tout à coup, tout le monde s'est intéressé à moi. Enfin, je l'ai cru, alors qu'en fait, ce n'était pas moi qui les intéressais, c'était la petite amie de Tony... Et ça, ça change tout.

Au début, il a été gentil. Gentleman, même. Nous, les filles, quand on veut dire qu'on est amoureuses, on dit du gars qu'il est gentil... Mais encore heureux qu'il soit gentil, non ?

En tout cas, au début, il a été gentil, attentionné même. Il m'écrivait des lettres pendant les cours, des poèmes aussi. Le matin, il faisait un détour pour marcher avec moi. Je voyais bien qu'il faisait des efforts pour me faire plaisir. J'ai cru que c'était bien... J'aurais dû comprendre que ça aurait été mieux s'il l'avait fait de manière naturelle.

J'étais amoureuse. J'avais confiance. D'ailleurs, comment aimer sans confiance ? Je t'écris tout ça, car si je n'avais pas eu confiance, je n'aurais certainement pas fait les choses de la même manière. Je serais sûrement partie tout de suite. Je ne l'aurais certainement pas laissé me toucher comme il l'a fait. Je ne cherche pas d'excuses. Simplement, c'est ce qui s'est passé. Quand il m'a proposé de passer la soirée chez lui, voire la nuit entière, je ne me sentais prête. Mais je voulais que ma première soit avec lui. J'y ai vraiment réfléchi, Noémie. Alors, j'y suis allée. Quand je suis entrée, j'ai vu ses amis. J'ai vraiment cru qu'ils allaient partir. Et j'ai même pensé qu'il avait fait ça pour me montrer qu'il voulait vraiment passer une bonne soirée et pas juste coucher avec moi. C'est idiot, je le sais maintenant, mais je te l'ai dit, j'avais confiance, alors je ne pouvais pas imaginer un autre plan. Un jour, tu m'as dit qu'une plainte se devait d'être détaillée, alors j'ai fait tout ce que je pouvais pour me souvenir des détails. Quand je suis arrivée, ça sentait la sauce tomate. Je me suis dit qu'il avait cuisiné. Quand il m'a embrassée, il avait un goût amer dans la bouche. Il a vu ma grimace et m'a expliqué qu'il avait bu un whisky super cher qu'il avait piqué à son père. J'ai fait semblant de penser que c'était cool, mais je me souviens encore de ce goût. Horrible. La première partie de la soirée a été normale, des mecs autour d'une télé en train de jouer sur une console Sega. Tu sais, c'est la classe d'avoir une Sega pour les mecs, alors ça m'a paru normal que ses amis soient chez lui. Tout le monde n'a pas les moyens d'avoir une console. Et puis, Anthony en a eu marre de perdre. C'était sa console, mais il n'était vraiment pas bon. Alors il a éteint la télé et allumé la chaîne de son père. Il a mis un CD, une compil. Je ne me souviens plus de la musique, j'ai essayé pourtant, mais je ne me souviens pas. Il est venu vers moi et m'a pris par la main pour me faire danser. J'étais gênée de danser devant ses amis, alors je lui ai dit. Il m'a dit que j'étais ridicule, que je ne devrais pas avoir honte d'être aussi jolie. Il a peut-être dit sexy aussi, je ne sais plus. En tout cas, ça m'a fait rougir. J'étais flattée. Alors, j'ai dansé. Et il a commencé à me toucher. Je l'ai repoussé. La première fois, il n'a rien dit. J'ai continué à danser. Il m'a embrassée. Il s'était lavé les dents. J'ai trouvé ça gentil. Quand il m'a touché les fesses de nouveau, j'ai eu envie de lui faire plaisir. Je l'ai laissé faire. Puis, il a commencé à essayer de remonter ma jupe. Je l'ai repoussé en gloussant, mais j'avais envie de le gifler. J'aurais dû. Mais je savais que devant ses potes, il se serait senti humilié. Il m'aurait mise dehors. Et notre histoire... En tout cas, j'ai clairement dit non, et là, il a un peu moins compris. Je crois qu'en fait, il a vu un de ses amis le regarder, alors il s'est peut-être senti... Bref, peu importe la raison. Il a recommencé, un peu plus fort, et j'ai senti qu'il faisait un signe derrière mon dos. Et là, l'un de ses amis s'est collé à moi. Derrière moi. J'étais bloquée entre les deux, j'ai crié, j'ai essayé de me débattre, mais plus je le faisais, plus ça les faisait rire. Un autre de ses amis s'est approché, j'ai cru qu'il allait m'aider quand il m'a tendu la main, alors je lui ai donnée, mais il m'a serré fort pour que je ne puisse plus bouger. Si tu avais vu son regard, Noémie. Quand il a tendu la main, je te jure que son regard disait « je vais t'aider » et l'instant d'après, il avait l'air d'un fou. J'étais prise au piège. Et Anthony continuait à m'embrasser. Il avait descendu son pantalon. Il était ridicule, avec son pantalon sur les chevilles, mais ça ne m'a pas fait rire. J'avais peur. Je n'arrêtais pas de me dire : « Non, pas comme ça. Pas pour la première fois, pas comme ça... » Comme si après une première fois, c'était plus acceptable... À partir de là, mes souvenirs sont moins clairs. Je me rappelle la douleur, surtout. Les odeurs de transpiration. Les cris des garçons.

Ils disaient : « À ton tour ! » Ça, je me souviens. « À ton tour »...

J'ai pleuré beaucoup, j'ai dit non, je les ai suppliés. Mais plus je le faisais, plus ils riaient. J'étais par terre, en larmes... Ça ne devait pas être assez amusant, car l'un d'entre eux m'a mis une claque... Anthony l'a engueulé. Il lui a dit : « Non ! Pas de claques ! On ne tape pas une femme. Même avec une rose », et ça a fait marrer tout le monde. Ils étaient comme fous. Je n'oublierai jamais leurs rires. C'étaient plus des hommes, mais des animaux. Ça a duré longtemps... Ils sont tous passés chacun leur tour. Pas qu'une fois, Noémie. Et puis, ils en ont eu marre. Alors ils se sont arrêtés... Et ils ont repris leur partie. Comme si de rien n'était. J'ai ramassé mes affaires et je suis partie. Juste avant que je ferme la porte, j'ai entendu Anthony me crier : « À demain, chérie ! »

Je ne vais pas te raconter l'humiliation du chemin du retour, la difficulté de rentrer sans faire de bruit, la douche, les vêtements dans la poubelle pour que ma mère ne les trouve pas...

Je n'ai pas dormi de la nuit. J'ai beaucoup pleuré. J'ai hésité à aller au lycée, mais je ne me voyais pas passer la journée avec ma mère. Elle m'aurait posé des questions et je n'avais pas la force. J'aurais dû. J'ai compris assez vite que tout le monde était au courant au lycée. Dans le regard des filles, surtout. J'y ai vu du dégoût. Moi qui étais invisible avant, je les écœurais tellement qu'elles faisaient un détour pour ne pas me toucher.

Voilà Noémie, je voulais que tu aies tout par écrit avant mon dépôt de plainte. Je sais que ça va être difficile, que je vais encore être jugée par les autres, mais il faut qu'ils soient punis. Je vais affronter tout cela et je vais avoir besoin de toi. Et de Nathan. Je n'ose pas lui raconter les détails. Alors je te demande de lui faire lire cette lettre. C'est idiot, je sais, mais j'ai besoin de lui. Toujours.

Lisa

# CHAPITRE 24

Nathan, en larmes, regarda la commissaire.

— Je savais tout ça, elle avait fini par me raconter, mais ça me rend fou de rage. Et ça n'explique toujours pas pourquoi elle n'a pas porté plainte.

Noémie réfléchit et avança :

— Je n'ai pas de certitudes. Que des hypothèses. J'ai beaucoup parlé avec la mère de Lisa.

— Avec sa mère ? Elle a accepté de vous parler ? Mais elle est complétement dépassée, cette vieille folle !

— Et tu lui en veux ? Tu la juges comme les élèves ont jugé Lisa. Sans connaître son histoire.

Nathan s'énerva :

— Je vous interdis ! Je ne suis pas comme eux ! Elle a complétement démissionné quand le père de Lisa est parti ! Elle n'était plus là du tout !

— Du jour au lendemain, elle a découvert que son mari lui avait toujours menti et elle s'est retrouvée toute seule...

— Ce n'est pas la première femme cocue, et sûrement pas la dernière...

— Et toi, tu es qui pour savoir quelle est la bonne manière de gérer ça ?

— Commissaire, pour sa fille, elle aurait dû se reprendre en main, elle aurait dû ouvrir les yeux. Et voir avant !

— Justement...

— Justement quoi ?

— Justement, elle est là, mon hypothèse. Moi, je pense qu'elle était au courant. Elle m'a raconté le repas avant que Lisa ne prenne ses médicaments. Elle avait vu que sa fille n'allait pas bien et avait décidé de manger avec elle. Elles avaient éteint la télé et mis la radio pour écouter la musique, tout en mangeant.

— Je ne vois pas le rapport...

— Tu es toujours aussi insupportable d'impatience ?

— Excusez-moi, allez-y.

— Tu as déjà vécu des moments où la musique t'accompagne, où une chanson te fait passer une sorte de message ?

— Je ne vous suis pas...

— Je vais te donner un exemple de ma vie, tu vas comprendre. Quand j'ai passé mon Bac, je l'ai raté. Quand je suis entrée dans la voiture de mes parents pour leur dire, j'ai vu une de mes copines folles de joie car elle avait réussi. Mon père a mis la radio et là, France Gall s'est mise à chanter « Ella, elle l'a ».

Nathan ne put s'empêcher de sourire. La commissaire reprit.

— Je suis consciente que c'est un peu tiré par les cheveux, mais ça m'est arrivé souvent. Et parfois même, je peux te dire que certaines chansons ont changé ma vie, car elles sont arrivées à un moment particulier.

— En fait, vous êtes complétement folle. Et pour Lisa alors, ça serait quoi l'histoire ? Elle a entendu Kurt Cobain et elle s'est dit qu'elle allait faire comme lui ? Donc en gros, c'est encore à cause du 45 tours que j'ai volé ? Pas de bol commissaire, la gestion du temps, ce n'est pas votre truc. Cobain s'est tiré une balle après le suicide de Lisa.

— Je t'ai dit que je n'avais que des hypothèses. Mais c'est à peu près ça, oui. Lors du dernier repas avec sa mère, la chanson de Sardou *Je vole* a soudainement résonné dans la salle à manger. La mère de Lisa m'a raconté que sa fille avait pleuré, qu'elle s'était levée, qu'elle l'avait embrassée et qu'elle était allée s'enfermer dans sa chambre. C'est la dernière fois qu'elle l'a vue consciente. Tu es médecin, tu sais mieux que tout le monde que tout n'est pas toujours rationnel et logique. Encore moins dans le cas d'un suicide. Pas de déclencheur clair.

Voilà Nathan, je m'étais promis de te faire lire la lettre avant le dépôt de plainte. Je n'ai pas pu enregistrer cette plainte, mais je pensais qu'il était important que tu la lises avant de lui dire vraiment au revoir. Et puis aussi, que je te dise que tu n'y étais pour rien. Le seul coupable, les seuls coupables, tu les connais, et à part espérer que le karma n'est pas juste un concept à la con, nous n'avons rien d'autre. Je vais te laisser. Je serai à Paris pour l'enterrement. Je te vois là-bas.

Sans laisser le temps à Nathan de réagir, la commissaire prit son sac et partit, le laissant avec la lettre, seul, et en larmes, avec une musique dans la tête.

# CHAPITRE 25

Mes chers parents, je pars
Je vous aime, mais je pars
Vous n'aurez plus d'enfant, ce soir
Je n'm'enfuis pas, je vole
Comprenez bien, je vole
Sans fumée, sans alcool
Je vole, je vole

Hier soir à table,
J'ai bien cru que ma mère
Se doutait de quelque chose.
Elle m'a demandé si j'étais malade
Et pourquoi j'étais si pâle.
J'ai dit que j'étais très bien.

# CHAPITRE 26

Nathan resta longtemps immobile, incapable de bouger, l'esprit tiraillé par ce qu'il venait d'entendre. Pouvait-il faire confiance à cette policière ? Pouvait-il enfin arrêter de se sentir coupable ? Lisa avait-elle réellement pris une telle décision après avoir écouté une chanson ? Une chanson ???

L'instant d'avant, combative, déjeunant avec sa mère, prévoyant d'aller porter plainte et de se lancer dans la plus grosse bataille de sa vie, et juste après, se retrouver bouleversée par des paroles au point d'abandonner le combat avant même qu'il débute ? Nathan avait toujours eu un rapport particulier à la musique, mais de là à accepter une telle relation de cause à effet, il y avait un monde.

Il fut étonné de voir que la nuit était tombée. Il avait sûrement passé énormément de temps, hébété sur le trottoir. Il n'avait néanmoins pas la force de courir pour rentrer. Pas non plus envie de lancer la moindre playlist. Seul le silence de la vraie vie lui semblait nécessaire. Il s'en voulait qu'Elisabeth ait dû l'attendre tout ce temps. Il n'avait pas non plus envie de parler de cette discussion, il espérait qu'elle ne lui pose pas de questions. Mais il en doutait fortement, même si jusqu'à présent, il avait admiré sa capacité à ne pas aller vers les sujets qui fâchent.

Il se surprit à penser qu'elle était vraiment particulière. Il était content qu'elle soit là. Lui d'habitude si solitaire espérait qu'elle n'ait pas perdu patience et qu'elle soit toujours dans l'appartement. La ville était belle de jour, et magnifique de nuit. Les maisons d'époque, les rues éclairées, les vitrines des magasins pourtant fermés... Nathan eut le sentiment de jouer au touriste. Et cela lui fit du bien. Alors même qu'il était encore à plus de quinze minutes de l'appartement, il aperçut Elisabeth qui venait à sa rencontre. Elle n'avait l'air ni inquiète, ni en colère. Elle semblait plutôt contente de le retrouver. Alors qu'elle était à portée de voix, elle dit :

— Je n'étais pas sûre d'avoir pris le bon chemin. Je suis rassurée de ne pas t'avoir raté.

— Je suis navré, Elisabeth, ça a duré plus longtemps que prévu.

Elle ne prit même pas la peine de répondre, un seul sourire permit à Nathan de comprendre qu'il n'y avait pas besoin de s'appesantir. Il se sentit presque gêné de demander :

— Ça ne t'ennuie pas qu'on retourne à l'appartement, que je prenne une douche et que je me change ?

— J'espère bien ! Je ne souhaite pas que tu m'emmènes au restaurant en jogging. Moi, je me suis mise sur mon 31, va falloir que tu sois à la hauteur.

Effectivement, elle avait troqué ses vêtements streetwear pour une robe noire qui soulignait la perfection de ses courbes.

— On dirait le loup dans Tex Avery, ferme la bouche, c'est gênant. Agréable, mais gênant.

Pris en flagrant délit, Nathan fit une moue qui sembla amuser Elisabeth.

— Oh, il rougit ! Trop mignon ! Bon, on se dépêche ? On risque d'avoir du mal à trouver une table qui nous accepte.

Elle le prit par la main et fit demi-tour en direction de l'appartement.

Le chemin se fit en silence, Elisabeth ayant apparemment compris que Nathan avait besoin d'un peu de temps pour remettre de l'ordre dans ses pensées. Elle le tenait par la main, serrant parfois un peu plus fort, comme si elle comprenait la tempête intérieure qu'il vivait. Ce n'est qu'une fois arrivée qu'elle annonça :

— Au fait, comme je m'ennuyais un peu, je suis allée t'acheter une chemise et un jean. Ne fais pas cette tête, la note est sur la table. Tu me rembourseras à notre retour à Paris. J'espère simplement que je ne me suis pas trompée de taille.

Nathan avait le sentiment de se répéter, mais il lui redit à quel point il la trouvait étonnante. Les vêtements étaient posés sur le lit et il la complimenta sur ses goûts. Le jean était bien coupé et la chemise noire lui allait très bien. Habillé, mais pas trop. C'était exactement ce dont il avait envie. Ce dont il avait besoin. Il avait assez jeune compris que l'apparence était importante socialement, mais s'était rendu compte assez récemment qu'elle comptait aussi pour lui. Son style constituait une sorte d'armure lui permettant d'acquérir assez rapidement une posture, toujours la bonne, face à ses interlocuteurs. Il avait lu un jour dans une revue très sérieuse qu'une étude avait prouvé que les gens beaux, statistiquement, réussissaient plus facilement. Il serait idiot d'en déduire que ce n'était que grâce au regard des autres. Nathan savait qu'une personne confiante sur son apparence l'était aussi dans la vie et donc, que rien ne l'arrêterait. Il en avait fait une philosophie de vie. Et ce soir-là, plus que tout autre, il aurait besoin de tous les atouts possibles pour sortir de son esprit ce qu'il avait entendu. Pour s'échapper du bouillonnement qu'il avait dans la tête. Les tailles avaient été choisies parfaitement. Tout lui allait comme du sur-mesure. Il eut d'ailleurs droit à un sifflement d'admiration d'Elisabeth lorsqu'il sortit de la chambre.

— Merci beaucoup pour les vêtements, tu les as bien choisis.

— Oui, je trouve aussi. Ça va peut-être même me faire de la peine de les retirer ce soir.

Ne lui laissant pas le temps de rebondir sur cette phrase, Elisabeth lui dit :

— Bon, ce soir, repas sympa et bonne ambiance. J'ai eu un peu de temps, j'ai trouvé un restau avec un concept sympa grâce à mon téléphone et Internet. Je les ai appelés et j'ai réservé une table pour deux. Ils nous attendent, mais faut pas traîner.

— Concept sympa ? Tu m'intrigues.

— J'aime bien t'intriguer, donc tu vas être patient et tu verras bien.

Elle se dirigea vers la porte, puis ajouta :

— Mais si tu ne passes pas la seconde, tu verras rien du tout. Il est tard et j'ai faim !

Nathan se dépêcha de la suivre. Une fois dans la rue, il demanda :

— Comme tu ne m'as pas dit où c'était, j'ai pris les clefs de la voiture. On doit conduire ?

Elisabeth remua négativement la tête.

— C'est juste à côté, mais j'apprécie, c'est la première fois que tu parles d'une voiture et non de Christine ou de ta Mustang. Il y a du progrès, docteur ! C'est bien que tu montres enfin un petit peu qui tu es vraiment ! le railla-t-elle.

Était-il vraiment ce médecin arrogant qu'elle décrivait ? Sûrement. Mais depuis Lisa, personne n'avait jamais compris qu'il s'agissait d'une protection pour ne pas montrer combien il était resté ce petit garçon plein de doutes.
Le restaurant était effectivement proche, dans une petite rue perpendiculaire à l'axe le plus touristique de la ville. Il n'aurait jamais trouvé sans Elisabeth.

L'immeuble était banal, un peu vieux, à la limite de l'abandon. Seule une petite pancarte posée comme une plaque de médecin indiquait « Le Rooftop ». Le nom était éloquent, et l'escalier menant au dernier étage de l'immeuble leur permit d'arriver dans une bulle qu'il n'aurait jamais imaginée depuis la rue. Une énorme terrasse sur laquelle étaient posées une quarantaine de tables de deux à six convives. Au centre, une piste de danse où se déhanchaient les clients entre deux plats. Les lumières, vives, oscillaient entre le rose, le bleu clair et le rouge. Une serveuse, un peu trop maquillée et habillée beaucoup trop court, semblait les attendre à l'entrée.

— Avez-vous une réservation ?

Elisabeth dut hausser la voix afin que la serveuse puisse l'entendre.

— Oui, j'ai appelé en début de soirée, nous avons une table pour deux au nom de Guérin.

La jeune fille n'eut pas besoin de vérifier. La table était proche de la piste de danse. S'étonnant de ne pas recevoir de menu, Nathan se vit indiquer de manière un peu brutale, d'un ton hautain :

— Il n'y a pas de menu, monsieur. Les repas sont faits suivant les envies du chef et ce qu'il trouve au marché le jour même.

— Et l'écran au centre de la table ? Il sert à quoi ?

La jeune femme répondit comme une évidence.

— Pour choisir votre titre et vous prévenir quand c'est à vous.

Puis, sans attendre sa réaction, elle s'éloigna. Nathan, étonné par la réponse, regarda avec plus d'insistance le dancefloor, pour voir au centre de celui-ci deux personnes en train de déclamer force grimaces la chanson dont les paroles étaient projetées sur un écran. Il regarda Elisabeth sans comprendre et dut s'y reprendre à trois fois pour qu'elle réussisse à entendre sa question.

— C'est un karaoké ?

— Pas du tout ! Le karaoké, c'est kitsch. On appelle ça du spectacle vivant !

Elle lui fit un clin d'œil et fit défiler la liste des titres disponibles. Il n'était pas question pour Nathan de se ridiculiser en public. Il le fit savoir à Elisabeth qui, d'un signe de la main, sembla régler le problème. Aux protestations vaines de Nathan, elle répondit :

— Nathan, je déteste devoir te dire ça, mais je t'ai attendu quasiment trois heures, alors tu pourrais au moins me faire plaisir.

Nathan, de mauvaise grâce, accepta, mais tenta tout de même une diversion.

— Si jamais ce que le chef a cuisiné ne donne pas envie, on cherche un autre restau !

Mais Elisabeth ne semblait pas inquiète. Elle acquiesça sans montrer le moindre signe de triomphe, ce dont Nathan la remercia silencieusement. Il n'eut pas longtemps à attendre pour le vérifier d'ailleurs, car une assiette fut posée devant lui et il contempla aussitôt avec envie cette entrée digne des meilleurs restaurants qu'il avait fréquentés : un carpaccio de betteraves avec un filet de vinaigre balsamique. Il avait faim et ne s'en était pas rendu compte. Le pain posé à côté fumait encore. Là encore, Elisabeth eut l'intelligence de ne pas en rajouter.

— Ça te va ? On reste ?

Nathan ne prit pas la peine de répondre et servit un verre de vin à sa convive. La musique était bonne et le repas succulent. Nathan eut tout le loisir de profiter des deux et de la beauté d'Elisabeth, le niveau sonore empêchant toute conversation. Il n'avait de toute façon aucune envie de raconter sa vie, et même si Elisabeth le fascinait, il n'avait pas non plus envie d'écouter son histoire à elle. Il souhaitait simplement profiter du moment, de la musique et des mets que le chef avait préparés avec grand talent.
Chaque aliment semblait sublimé et Nathan avait l'impression à chaque bouchée d'en redécouvrir leur goût. Depuis quelque temps, il avait l'impression que tout avait à peu près la même saveur. Ou plus exactement, l'absence de saveur. Ce soir-là, ses papilles s'en donnèrent à cœur joie à chaque bouchée et à chaque gorgée du vin qu'il n'avait pourtant pas choisi. Il pensa avec amertume à sa cave à vin qui regorgeait de grands crus mais dont aucune bouteille n'était parvenue à lui donner autant de plaisir. Elisabeth, quant à elle, resplendissait. Ses sourires, ses regards, la manière qu'elle avait de grignoter le pain en

regardant les autres danser... Tout plaisait à Nathan. Il avait assez vite compris qu'elle voulait rejoindre les autres convives sur le dancefloor, mais il avait surtout compris, avec soulagement, qu'elle ne le forcerait pas. Il irait, il le savait, mais pas encore assez de vin, la tête encore trop froide, la douleur encore trop présente. Il lui fallait encore un peu de temps. Une chanson de plus, et encore une. Puis, l'écran situé au centre de leur table clignota. Nathan, le regard attiré, lut le message qui y était inscrit.

— Votre tour est dans deux chansons. Merci de faire votre choix.

Il regarda avec inquiétude Elisabeth qui éclata de rire en voyant sa réaction. Elle murmura :

— Il ne s'agit que d'une chanson. Choisis celle que tu veux. Lâche-toi.

Se lâcher. Tout dans cette soirée le poussait à le faire, mais il n'avait jamais réussi. Ni l'alcool dans les soirées étudiantes, ni l'adrénaline liée à son métier, ni même la vitesse et l'excitation de rouler avec sa Mustang ne lui permettaient d'approcher le sentiment d'être totalement libre. Et pourtant, il aurait aimé. Il en avait envie. Peut-être que c'était cela, être heureux. Ne plus se poser de questions et simplement se laisser aller à profiter. Il décida de jouer le jeu et d'aller avec Elisabeth chanter sur scène. Au diable le ridicule, il ne l'était pas plus que les autres. Depuis le début de la soirée, plusieurs chanteurs amateurs avaient massacré des titres, mais aucune moquerie, aucune méchanceté n'avait troublé la fête. Il savait que l'exercice le sortirait de sa zone de confort, mais il savait aussi qu'il lui plairait. Restait à choisir le titre. Il n'avait aucune idée. Il parcourut la liste. S'il les connaissait tous, et certainement par cœur, aucun ne se détachait. Il fit signe à Elisabeth de choisir, qui refusa catégoriquement. Il décida de se laisser porter totalement et cliqua sur le bouton « Je laisse le hasard choisir ». Il verrait bien. Ce choix sembla plaire à la femme assise en face de lui, car elle se leva pour l'embrasser. Son tour approchait et Nathan n'avait toujours aucune idée de la chanson qui serait lancée par l'ordinateur. Ses mains commencèrent à devenir moites. Il chercha même du regard la sortie de secours dans le cas hautement probable d'un flop, mais se reprit aussitôt. Il n'était pas un lâche. Ne l'avait jamais été. Ne pas se lancer plutôt que reculer, mais une fois lancé, ne jamais abandonner. Son écran devint orange, signe qu'il fallait se préparer. Un indice apparut : « L'ordinateur va choisir un titre dans le catalogue de France Gall. »

Facile. Il connaissait très bien tous les titres. Ils avaient accompagné ses études. Et parfois, souvent même, il réécoutait les albums. L'écran clignota. Elisabeth prit Nathan par la main et ils se dirigèrent ensemble vers la scène. Une jeune femme portant l'uniforme du restaurant, à la fois classique mais horriblement court, leur tendit un micro. Nathan n'en revenait pas. Il pensa un instant au regard amusé qu'aurait eu Michel s'il avait été là, et regretta presque son absence. Il n'eut pas le temps d'arriver sur scène que le titre commença. Il le reconnut dès la première note. Il commença à chanter sans même avoir besoin de lire les paroles.

« Ne dites pas que ce garçon était fou… »

Elisabeth chanta directement la deuxième phrase, elle aussi sans avoir à lire les paroles. Tout en chantant, Nathan se surprit à penser à Lisa, tout en se rendant compte à quel point cette chanson lui allait bien. À quel point elle aurait pu lui aller parfaitement si elle n'avait pas décidé d'abandonner.

« Ne dites pas que ce garçon n'valait rien,
Il avait choisi un autre chemin... »

Nathan l'avait-il soutenue sur cet autre chemin ? Il devait reconnaître qu'il avait des doutes. Il l'avait forcée à se lancer dans la bataille et il avait longtemps cru que c'était ça qui l'avait tuée. Il comprenait maintenant que la bataille, c'était elle qui l'avait choisie. En toute connaissance de cause.

« Et pour quelle raison étrange,
Les gens qui pensent autrement, ça nous dérange... »

Rien, dans la vie de Lisa, n'avait été un détail, et certains avaient pensé qu'elle ne valait rien. Nathan avait la gorge nouée, mais chantait avec le cœur, accompagné d'Elisabeth qui semblait comprendre les pensées qui le mettaient dans cet état.

« Lui et son piano ils pleuraient quelquefois,
mais c'est quand les autres n'étaient pas là. »

Nathan aurait aimé comprendre avant, il s'était souvent reproché, en écoutant cette chanson, de n'avoir eu la force de dire à Lisa :

« Essaie de vivre,
essaie d'être heureu(se),
ça vaut le coup. »

Mais il devait le reconnaître, il avait surtout fait partie des trouillards à genoux, voire parfois des soldats au garde-à-vous, rarement sur ses deux pieds, il n'avait jamais vraiment réussi à être lui. Elisabeth s'approcha de lui et embrassa l'unique larme qui coulait au coin de son œil. Cette chanson, comme tellement d'autres avant elle,

Nathan ne l'avait jamais vraiment écoutée. Entendue. Et ce soir-là, devant cette foule qui dansait, alors qu'il la chantait pour la première fois en public, il en avait compris les paroles au-delà de la mélodie. Et compris ce que lui avait dit la commissaire sur la force des chansons dans la vie, dans les choix. Sur les dernières notes, il prit Elisabeth dans ses bras, tout en dansant, se foutant totalement de ce que pourraient penser les clients du restaurant, se foutant totalement du regard des autres.

« Essaie d'être heureux, ça vaut le coup. »

La tête lui tourna. La musique fut tout à coup beaucoup trop forte. Il regarda autour de lui, sans vraiment comprendre, vit le regard inquiet d'Elisabeth. Il sentait que son cœur battait vite et fort. Il avait besoin de s'asseoir. Un serveur sembla le comprendre et s'approcha rapidement avec une chaise. La mélodie semblait lointaine et Nathan tenta de continuer à chanter, mais seul un gargouillis sortit de sa gorge. Le côté droit de son corps sembla incapable de soutenir son poids, il sentit des fourmis dans son visage. Le médecin en lui, froidement, analysa la situation comme un début d'AVC. Elisabeth, elle aussi, sembla comprendre qu'il ne s'agissait pas d'un simple malaise vagal. Nathan le vit dans son regard inquiet. Il voulut la rassurer, mais les mots qui sortaient de sa bouche n'étaient en rien cohérents ou connectés à ce qu'il voulait vraiment dire. Seules les paroles de la chanson s'en échappaient, malgré une volonté farouche de Nathan d'expliquer qu'il fallait appeler les secours. Tout semblait clair pour lui, un peu comme au ralenti. Une fois rassuré de voir arriver les pompiers, il se laissa un peu aller. Il savait pourtant qu'il ne fallait pas perdre connaissance, mais il était tellement fatigué. Il avait seulement envie de prendre deux minutes de repos. Deux minutes, puis il se reprendrait. Il aurait pu en faire la promesse à Elisabeth qui semblait folle d'inquiétude.

« Et pour quelle raison bizarre
Son image a marqué ma mémoire. »

# CHAPITRE 27

Une sonnerie de téléphone, une deuxième, puis une voix endormie qui répond.

— Allô, je ne sais pas qui s'amuse à m'appeler à cette heure-ci, mais je vous préviens, au réveil, je n'ai pas beaucoup d'humour.

— Bonjour monsieur, ici le centre hospitalier intercommunal du Pays des Hautes Falaises.

— Du pays de quoi ? Qui est à l'appareil ?

— Monsieur, nous avons trouvé votre numéro de téléphone dans la fiche d'urgence d'un monsieur que nous avons pris en charge, un certain Nathan Guérin.

— Nathan ? Vous êtes un hôpital, c'est ça ?

— Oui, c'est ça, monsieur. Monsieur Guérin a été admis il y a deux heures, pour un début d'AVC. Il a été emmené par les pompiers. Et vous êtes indiqué comme la personne à contacter.

— Comment va-t-il ? Un AVC, vous dites ? Mais il allait très bien ! Vous savez, il est médecin, il n'a pas vu les signes avant-coureurs ? Vous êtes sûr de ne pas vous tromper ?

— Calmez-vous, monsieur. Tout d'abord, l'état de monsieur Guérin s'est stabilisé. Nous vous avons contacté car il était seul.

— Il est pourtant censé être accompagné. Écoutez, je n'y comprends rien. Envoyez-moi votre adresse, s'il vous plaît. Je prends la route, j'arrive.

# CHAPITRE 28

Réveil lourd, bouche pâteuse, sentiment d'être perdu... Nathan ouvrit les yeux dans une chambre d'hôpital, froide, à la lumière blanche. Ses yeux mirent du temps à s'habituer, et il dut lutter pour les garder ouverts. Il entendait le rythme régulier de son cœur. Il ne se souvenait pas de la façon dont il était arrivé ici, mais malgré tout, il était rassuré. Il savait qu'il avait été pris en charge et qu'il serait désormais suivi. Il chercha du regard autour de lui pour trouver Elisabeth, mais il ne la vit pas. Au lieu de cela, il aperçut un médecin dont la fatigue était évidente, en train de discuter avec une infirmière. Lorsque cette dernière vit que Nathan s'était réveillé, elle fit un signe au médecin qui se tourna vers Nathan.

— Docteur Guérin, je suis content de vous voir ainsi. Vous avez présenté tous les symptômes d'un début d'AVC, mais tous les tests que nous avons faits infirment cette hypothèse.

Les réflexes de Nathan prirent le dessus immédiatement. Il demanda ses constantes et chercha à voir les résultats des tests. Il avait cette capacité de recul qui lui permettait une analyse claire de n'importe quel cas. Enfin, le pensait-il jusqu'à ce qu'il voie ses résultats qui semblaient normaux. Bons, même. Avait-il fait une crise de panique, était-il simplement épuisé ? Il n'arriva pas à masquer sa moue de dégoût. Lui qui avait pensé que son esprit était naturellement supérieur... Le médecin en face de lui interpréta sa grimace comme un nouveau symptôme, mais fut assez vite rassuré, de manière assez brutale, d'ailleurs.

— Vous avez gaspillé un lit pour une simple crise de panique ? C'est hors de question, je vais libérer la place au plus vite. Je n'ai pas pour habitude d'écouter mes angoisses et ma fatigue, si les résultats sont bons, je n'ai aucune raison de gaspiller votre temps plus que ça.

— Docteur, ce n'est pas raisonnable. Votre ami est en route, il ne devrait pas tarder, attendez-le, au moins. Qu'on ne vous laisse pas partir tout seul.

— Il s'agit d'une amie, elle ne doit pas être loin, elle était avec moi hier soir.

Le médecin consulta le dossier qu'il tenait entre les mains.

— Je crains que vous n'ayez été amené seul ici. Je n'ai aucune trace d'une accompagnatrice.

Nathan ne sut que répondre. Son agacement était à son comble. Il se levait déjà du lit. L'infirmière tenta un geste pour le retenir, mais le regard que Nathan lui jeta l'empêcha d'oser davantage. Nathan reprit.

— Écoutez docteur, vous avez fait tous les tests que j'aurais demandés également à votre place. Ils sont tous bons. Aucune raison que je traîne ici. Je suis en repos à Étretat. Je vais donc faire ce pour quoi je suis venu, c'est-à-dire me reposer. Ce n'est pas à vous que je vais expliquer combien notre métier est stressant, il s'agit d'un coup de fatigue, rien de plus.

Le médecin, lessivé par une garde déjà beaucoup trop longue, et n'ayant aucun argument concret à opposer à son interlocuteur, haussa les épaules, puis fit un signe à l'infirmière.

— Vous êtes un grand garçon. Je vais demander à ma collaboratrice de vous apporter les documents de sortie. J'aimerais néanmoins que vous fassiez à votre retour à Paris des examens un peu plus poussés.

N'en pensant pas moins, mais n'ayant aucune envie de prolonger cette discussion, Nathan lui en fit la promesse du bout des lèvres. Promesse qu'il tiendrait sûrement un jour, se dit-il. Le médecin et l'infirmière, bien que nullement dupes, firent semblant de croire que le problème était résolu et ils laissèrent Nathan finir de s'habiller.
Les formalités de sortie furent longues, et ce n'est qu'une fois dehors que Nathan se posa la question de savoir comment retourner dans le centre d'Étretat, puisqu'il avait été amené par les pompiers. Son questionnement fut de courte durée, car il vit arriver Michel. Débraillé, ce qui n'était pas dans ses habitudes, le visage marqué par l'inquiétude, ce qui l'était encore moins. Nathan fut touché, mais décida de ne pas le montrer.

— Qu'est-ce que tu fous ici ?

Nathan avait parlé sur un ton mi-sérieux, mi-plaisantin, mais la réponse de Michel s'avéra sans l'ombre d'un amusement.

— Qu'est-ce que moi, je fous là ? Je reçois un appel me disant que tu es à l'agonie, que tu fais un AVC ou je ne sais pas quoi, et quand j'arrive, qui je vois dehors, tranquillement ? Et en plus, tu me demandes ce que je fous là ?

— Michel, ils se sont inquiétés pour rien, c'est juste un coup de fatigue. Ils ont accepté de me libérer.

— Un coup de fatigue ? Mais tu te rends compte que j'ai dû perdre tous mes points à force de me faire flasher sur la route ? Tout ça pour un coup de fatigue ?

Nathan ne sut que répondre. Il était touché par la réaction de son ami. Il le prit dans ses bras. Ce geste, bien loin de calmer Michel, l'énerva encore plus.

— Et en plus, tu me prends dans tes bras ? Pas de blague à la con ? Pas d'ironie ? Alors c'est que vraiment, tu ne vas pas bien ! Tu vas me faire le plaisir de faire demi-tour et de demander des examens complémentaires !

Nathan rit de bon cœur. Michel resta interdit un instant, puis lâcha toute la pression accumulée.

— Tu m'as fait peur, bon sang ! Et puis c'est quoi cette histoire de pompiers qui te ramassent tout seul ? Tu ne m'as pas dit que tu étais accompagné ?

— Ça, c'est une vraie énigme. J'étais au restaurant avec Elisabeth. Je ne comprends pas. Bon, tu me déposes à Étretat ?

— Tu m'as pris pour ton taxi ?

Mais déjà, Michel se dirigeait vers le parking. Voyant que son ami ne le suivait pas, il se retourna :

— Bon, tu te bouges ? On ne va pas passer la nuit sur un parking d'hôpital. Le soleil va bientôt se lever.

Nathan, sans se départir de son sourire, suivit son ami jusqu'à sa voiture, celle qui avait remplacé la Mustang. Une Alfa Roméo 1600 Giulia Sprint de 1962 rouge. Michel avait toujours eu bon goût. Il fallait bien lui reconnaître cette qualité. Nathan prit place côté passager. Il voulut faire un trait d'humour.

— Après tous ces délits de vitesse, tu n'as sûrement plus de points, veux-tu que je conduise ?

— Nathan, je t'adore, vraiment, mais continue et tu vas rentrer à Étretat à pied !

Nathan ris de bon cœur.

— Merci.

Comme un mantra Michel répondit

— En amour et en amitié, pas besoin de dire merci ou pardon. Je te l'ai déjà dit.

— Eh bien, je vais faire une exception. Merci.

De mauvaise grâce, Michel répondit :

— Pas de quoi. Mets ton GPS, je ne voudrais pas en plus me faire arrêter pour utilisation d'un téléphone au volant.

Nathan indiqua l'adresse dans l'application puis, bercé par la conduite de son ami, s'endormit. Ce n'est qu'à l'arrêt total du véhicule qu'il se réveilla. Il était impatient d'avoir une discussion avec Elisabeth et de comprendre pourquoi elle avait ainsi disparu. Ils ne se connaissaient pas depuis longtemps certes, mais il s'attendait vraiment à la voir à son réveil. Il n'osait pas regarder son ami qui, le connaissant très bien, lança :

— C'est là que tu vas me dire que tu as besoin de la voir seul pour comprendre ce qui s'est passé ?

Nathan ne voulait pas le vexer.

— Écoute, je vais aller me prendre une chambre d'hôtel dans le coin. Si par miracle, elle est là, on se voit à notre réveil. Sinon, tu me rejoins. Pas question que tu dormes dans un appartement seul.

Voyant le visage de son ami, il ajouta très vite :

— Et ne t'avise pas de me remercier ! Allez, file !

Nathan fit un oui de la tête, à la fois pour acquiescer et remercier. Michel ne fut pas dupe.

— Je suis crevé, Nathan. Bouge !

Nathan sortit de la voiture, puis monta l'escalier rapidement. Il était à la fois énervé, déçu, mais surtout impatient. Il tourna la clef dans la serrure, entra dans l'appartement, et fut une fois de plus impressionné par la vue, mais plus encore par Elisabeth qui dormait sur le canapé. L'appartement était sans dessus dessous, comme s'il avait été cambriolé. Tiroirs ouverts, papiers par terre, vinyles éparpillés au sol. Sans réfléchir il commença à tout ranger.

Réveillée par le bruit qu'il avait fait, Elisabeth sursauta et quand elle vit Nathan, émit un soupir rassuré, puis dit sans respirer, d'un seul trait :

— Putain Nathan, tu m'as fait peur ! Tu disais n'importe quoi, tu ne tenais plus sur tes jambes, tu as voulu quitter le restaurant. Je t'ai dit que ce n'était pas une bonne idée. Mais tu es têtu ! Quand on est arrivés en bas, j'ai vu que c'était encore pire, j'ai appelé les pompiers et tu es tombé dans les pommes. Je ne savais pas quoi faire ! Quand ils ont dit qu'ils allaient t'emmener j'ai dit que je suivrais avec Christi... avec ta voiture. Je suis venu en courant à l'appartement, mais les clefs n'étaient pas là. J'ai cherché partout, j'ai tout retourné dans l'appartement mais elles ne sont pas là Nathan. Il n'y a pas de clefs dans ce foutu appartement !

Elisabeth étouffa un sanglot. Elle continua plus doucement.

— C'était nul comme idée. Je suis nul dans la précipitation. Je suis désolée, Nathan. Je voulais vraiment être là avec toi, je n'aurais pas dû t'abandonner.

Puis après un silence elle ajouta :

— Comment tu t'en es sorti ?

Nathan vit la panique dans son regard. Ses explications étaient logiques. Il aurait dû y penser tout seul. Il fut rassuré. Sans un mot, il prit son téléphone et écrivit à Michel :

> « Elle est là. Je t'expliquerai. On dort un peu et on petit déj tous ensemble ? »

La réponse apparut presque aussitôt.

> « Ça me rassure. Vu l'heure, ça sera un déj. Impatient de la rencontrer. J'ai trouvé un hôtel sympa. À tout à l'heure. »

Nathan rangea son téléphone et regarda Elisabeth qui attendait toujours une réponse à ses questions.

— Juste un bon coup de fatigue. Les résultats sont bons. Beaucoup d'émotions à gérer. Je suis désolé de t'avoir inquiétée.

Elisabeth restait sur le canapé, ne semblant pas décidée à se contenter d'aussi peu d'explications. Mais Nathan n'avait pas envie de parler. À vrai dire, il avait juste envie de se poser dans ses bras. Il s'assit à ses côtés.

— Je t'assure qu'il n'y a pas de quoi s'inquiéter. C'est juste une énorme fatigue.

Il se pencha pour l'embrasser, mais sentit le mouvement de recul d'Elisabeth. Il ne put s'empêcher de s'agacer, mais préféra ne rien laisser paraître. Elle se leva pour se diriger vers le frigo. Il remarqua qu'elle était pieds nus, il trouva cela terriblement sexy.

Il la suivit tout en gardant une certaine distance. Elle se servit un verre d'eau fraîche. Il se rendit compte que lui aussi avait soif. Et justement, Elisabeth lui tendit un verre rempli.

— Merci Elisabeth, je ne me rendais même pas compte à quel point j'avais soif.

— Nathan, écoute, je ne suis pas sûre d'être à ma place ici. Je vais attendre que le jour se lève et je vais rentrer. Il y a des bus et des trains, je pense que c'est mieux comme ça.

Nathan était déçu, mais il ne pouvait pas lui en vouloir. Depuis qu'ils étaient arrivés, elle avait eu le droit à une crise de colère, à une absence et à un malaise en pleine rue. Alors même qu'ils se connaissaient à peine. N'importe qui à sa place serait parti depuis longtemps.

— Je comprends, ce n'est pas tout à fait non plus le type de séjour que j'attendais. Je te propose qu'on se pose sur la terrasse et qu'on attende que le soleil se lève. On un petit déjeuner et ensuite, je te laisse partir si tu le désires encore.

Elisabeth sembla réfléchir un instant, puis regarda sa montre.

— De toute façon, à cette heure-ci, il n'y a ni bus ni train, alors je ne perds rien. Par contre, je t'avertis, si tu fais une syncope, je te laisse sur le carreau. Je n'appellerai même pas les pompiers.

— Pas de syncope, promis.

Il prit Elisabeth par la main, puis ils se dirigèrent vers la terrasse. Celle-ci était bien faite. Deux transats permettaient de s'allonger et de profiter de la vue sur les falaises en toute quiétude. Ils s'allongèrent et restèrent silencieux un long moment, sans néanmoins se lâcher la main. Nathan observait la beauté des falaises et de la lumière qui se levait sur elles. Un mélange de couleurs et d'obscurité dans un silence presque religieux. Puis, sans qu'il s'y attende, Elisabeth se leva et vint se coucher sur son transat. Contre lui. Il n'avait pas envie que l'instant s'arrête. Surtout, ne pas parler, ne pas questionner, ne pas préparer. Juste l'instant présent. Elisabeth avait sa tête au creux de l'épaule de Nathan. Il sentait l'odeur de la noix de coco dans ses cheveux blonds. Il la serra un peu plus fort. Une voiture passa dans la rue, accélérant devant l'immeuble, déchirant le silence qui s'était installé. Elisabeth murmura :

— Certainement un abruti qui a donné un prénom à sa voiture.

Nathan éclata de rire et l'embrassa. Alors même qu'il passait la main sous son tee-shirt, Elisabeth précisa :

— Nathan, je vais quand même partir tout à l'heure. Je ne sais pas ce que tu es venu faire ici, mais je n'y ai pas ma place.

Il perçut dans cette phrase la demande d'arrêter, ce qu'il fit. Elisabeth le regarda droit dans les yeux, avec beaucoup de douceur dans le regard puis, tout en l'embrassant, elle retira son tee-shirt. Le cœur battant la chamade, Nathan continua son exploration de la peau douce d'Elisabeth. Il eut le plaisir de découvrir des grains de beauté qui semblaient former une galaxie d'étoiles brunes sur son corps parfait. L'instant fut beau. Doux. Il ne fut que partage. Il dura longtemps, menant à un plaisir que Nathan n'avait jamais encore vécu. Ce n'est que lorsque le soleil fut à pleine hauteur, qu'ils décidèrent, heureux mais épuisés, de se laisser aller à s'endormir. Sans grande surprise, à son réveil, Nathan était seul. Sur la table, un Post-it, un numéro de téléphone et un message griffonné : « Appelle-moi. » Il sourit à la vue du cœur qui faisait office de point au-dessus du i. Il n'avait plus vu cela depuis le lycée. Depuis Lisa. Il se sentit coupable de ne pas s'être réveillé afin de déposer Elisabeth à une station de train ou de bus. Mais elle avait laissé son numéro. Cela le rassura. Il savait qu'elle avait raison. Que son voyage était initiatique et qu'il devait l'entreprendre seul.

Michel qui devait attendre son appel. Nathan décida de commencer sa journée par une marche au bord de la mer. Il sera toujours temps ensuite de retrouver son ami. Il s'habilla rapidement, puis descendit quatre à quatre les marches menant au bord de mer. Il enfila ses écouteurs et partit en direction de la plage. Les rues étaient encore vides et seuls quelques passants le croisèrent. Nathan remarqua une fois de plus, amusé, que tous semblaient avancer au rythme de la musique qu'il écoutait. Il ne voulait pas pousser sa chance en changeant de morceau. La vie semblait plus belle ainsi. Tous n'allaient pas à la même vitesse, évidemment, mais la veille dame sur sa droite marquait parfaitement les basses, tandis que le jeune cadre supérieur en costume qui se dirigeait rapidement vers son rendez-vous, lui, marchait au rythme de la batterie. La petite fille aux côtés de sa mère semblait bouger la tête comme si elle entendait la chanson. Nathan eut même le sentiment totalement fou que s'il mettait la chanson en pause, tout le monde se figerait. Il accéléra le pas, et à l'approche de la plage, il retira ses chaussures. Tout en grimaçant en marchant sur les galets, il rit presque en entendant le nouveau titre : *I got you (I feel good)*. À chaque hurlement de James Brown, l'une des personnes sur la plage semblait crier de douleur à cause de ces satanés galets. C'en était presque inquiétant

tellement tout était synchronisé. Nathan n'y pensa plus en mouillant ses pieds. La fraîcheur de la mer l'électrisa autant qu'elle lui fit du bien. Ses écouteurs fonctionnaient décidément très bien, car il n'entendait que la musique. Seules les vibrations de l'eau lui parvenaient. Il resta là un moment, laissant son esprit vagabonder. Les derniers jours, les dernières heures avaient été éprouvants. Beaucoup de sentiments mélangés. Beaucoup d'émotions. Lui qui ne ressentait plus rien depuis tellement longtemps, si ce n'est l'ennui.
Il sentit une éclaboussure dans le dos. En se retournant, il vit un enfant en train de jouer avec sa sœur.
Là encore, la musique était totalement en phase avec ce qu'il voyait. Il aurait pu se croire dans un film. Il n'aurait pas été étonné de voir les enfants bouger au ralenti. De voir l'eau se figer en l'air. Il repensa un bref instant au conseil de son collègue de procéder à des examens complémentaires, mais il décida de balayer aussitôt ses inquiétudes. Il était simplement un peu fatigué, rien de plus. Rien d'inquiétant. Il était temps qu'il aille retrouver son ami. Il envoya un SMS pour lui indiquer qu'il l'attendrait pour un déjeuner sur la terrasse d'un des restaurants situés en bord de mer. La réponse de son ami ne se fit pas attendre.

« J'arrive. »

Rien de plus. Pas de blagues, ni de bons mots. Michel avait vraiment dû s'inquiéter. Nathan se promit de le rassurer. S'asseyant à une table, il ne prit pas le temps de consulter le menu. Il était affamé et s'en étonna, car hier soir, son repas avait été copieux et bon. Il était rare qu'au lendemain d'un tel dîner, son estomac accepte autre chose qu'une simple salade. Un serveur, dans la trentaine, mais déjà épuisé par les demandes toutes plus agressives les unes que les autres des touristes pourtant en vacances,

s'approcha.
Nathan retira ses écouteurs et commanda un verre de rosé, ainsi qu'une assiette de frites, grande précisa-t-il et un hamburger. Saignant. Le serveur tenta de lui proposer les spécialités de la maison, mais Nathan préféra rester sur son choix initial. Puis, en prévision de l'arrivée de son ami, il laissa carte blanche au serveur pour le second plat. Celui-ci prit sa mission très à cœur, car il posa quelques questions sur les goûts de Michel. Nathan se rendit compte, un peu triste, qu'il était incapable de lui répondre. Quel piteux meilleur ami faisait-il... Alors qu'il se faisait cette remarque, il commanda un plateau de fruits de mer et vit Michel qui arrivait. S'asseyant face à Nathan, il sembla chercher quelque chose ou quelqu'un autour de lui.

— Tu cherches quelqu'un ?

— Tu n'étais pas censé être accompagné ?

— Bonjour à toi aussi. J'ai super bien dormi, oui. Merci d'avoir demandé.

— Ne me dis pas que tu as passé la nuit seul après avoir fait un malaise ? Le médecin, c'est quand même toi, Nathan. Pourquoi tu ne m'as pas appelé ?

— Je n'étais pas seul cette nuit, rassure-toi. On a décidé que c'était mieux qu'elle parte ce matin. Oui, bon, elle a décidé ça toute seule comme une grande, mais c'était la meilleure chose à....

Nathan se figea, ne terminant pas sa phrase. Michel le regarda, inquiet. Nathan ne parlait plus, semblant trop préoccupé par quelque chose que seul lui voyait.

— Nathan ?

Michel regarda autour de lui, essayant de trouver ce qui intéressait autant son ami. Il ne voyait qu'une rue pleine de touristes. Rien qui puisse expliquer la fascination de Nathan.
Michel ne comprenait pas. Il se leva afin de faire face à la rue, imaginant que peut-être il n'avait pas le bon angle de vue. Mais il avait beau chercher, rien n'expliquait la réaction de son ami.

— Nathan tu m'expliques pourquoi tu bloques ?

— Comment ça, je t'explique, tu es aveugle, c'est magnifique comme ils dansent !

Michel tourna la tête dans tous les sens afin de vérifier les dires de son ami. Toujours rien qu'une foule de touristes marchant et s'arrêtant parfois devant des vitrines trop décorées pour être honnêtes.

— Mais Nathan, personne ne danse ! Tu me fais peur, là.

Nathan sembla sortir de ses pensées et regarda son ami.

— Mais enfin, rega...

Et il s'arrêta en plein milieu du mot, semblant choqué par ce qu'il voyait désormais.

— Michel, je te promets, la foule s'est mise à danser. J'ai cru que c'était un de ces trucs à la mode pour faire le buzz sur le net. La musique s'est lancée et ils ont commencé les uns après les autres à danser.

— Nathan, si tu cherches à te moquer de moi, ça ne marche pas.

Mais Michel savait bien qu'il n'y avait aucune trace d'humour dans le regard de Nathan. De l'effroi oui, mais aucune malice. Nathan semblait totalement égaré. Il reprit un peu de contenance.

— J'ai sûrement pas assez dormi cette nuit. C'est juste une hallucination due au manque de sommeil. Excuse-moi Michel, je ne sais pas ce qui m'a pris. Ça m'a paru réel, mais c'est idiot.

— Nathan, franchement, je suis inquiet. Ils ont vraiment fait tous les tests possibles à l'hôpital ?

— Évidemment que non. Je leur ai dit que je les ferais à Paris.

Voyant le regard de son ami, il ajouta presque aussitôt :

— Et je le ferai. Je te promets, Michel. Une fois l'enterrement passé, je m'occuperai de faire tous ces tests.

Loin d'être rassuré, Michel, connaissant néanmoins très bien son ami, préféra ne pas insister… Pour le moment. Il avait d'ailleurs un sujet tout désigné, car le serveur ramenait déjà leurs plats. Michel les découvrit avec surprise.

— Rassure-moi, le burger-frites, c'est pour moi ? Car tu sais sans doute que je suis allergique aux fruits de mer, n'est-ce pas ?

Nathan regarda son ami, interdit. Il ne fit pas l'insulte d'un mensonge à son ami.

— Allergique ? Non, je ne le savais pas. Je suis vraiment désolé. Prends mon assiette, j'espère que les frites et le burger t'iront.

Michel regarda son ami droit dans les yeux en silence. Nathan semblait vouloir ajouter quelque chose. Il allait commencer à parler lorsque Michel éclata de rire.

— Si tu avais vu ta tête ! Encore un peu et tu allais me sortir le discours du « je suis pas un bon ami ».

Michel saisit une huître qu'il goba d'un coup. Il dit tout en riant :

— Nathan, faut vraiment que tu te reposes. Évidemment que je me moque de toi !

Nathan sembla plus vieux d'un seul coup. Comme si le poids des années s'était abattu sur ses épaules en un instant. Michel arrêta de rire instantanément.

— Nath, qu'est-ce qui t'arrive ? C'est juste une blague.

Nathan sembla chercher ses mots. Michel se sentit coupable.

— Michel, je suis fatigué. Vraiment fatigué. Pas seulement physiquement, je veux dire. Peut-on manger, et on reparle de tout ça plus tard ? Un autre jour, ta blague m'aurait sûrement fait rire. Mais pas aujourd'hui.

— Non Nathan, on ne peut pas. Pas cette fois-ci. Tu ne vas pas bien. Et ce n'est pas seulement de la fatigue.

— Ah oui ? Tu es médecin ?

Michel laissa la pression redescendre en ne répondant pas tout de suite. Puis doucement, il tenta de rassurer Nathan.

— Non. Mais je suis ton ami, et ça me suffit pour te dire que tu n'es pas comme d'habitude. Écoute, c'est super que tu partes sur un coup de tête au bord de la mer, mais on sait toi et moi qu'en temps normal, tu n'aurais jamais fait un tel voyage. Encore plus avec quelqu'un. Une femme que tu viens de rencontrer !

Nathan ouvrit la bouche pour répondre, mais aucun mot ne sortit. Michel en profita pour continuer.

— Nathan, depuis qu'on se connaît, je ne t'ai jamais vu faire quelque chose sur un coup de tête. Tout est préparé. Au millimètre. Et tout prend un temps fou ! Même pour Christine, il t'a fallu un temps pas possible pour sauter le pas, alors que tu savais dès le début que tu allais l'acheter !

— Mais ça n'a rien à voir Michel, je n'avais pas les moyens de te la...

— C'est ce que tu te racontes... Sois honnête avec toi-même... D'abord, tu avais les moyens de l'acheter cash, et puis tu le sais, ton père a proposé de te l'offrir !

— Je voulais me la payer seul !

— Oui. Seul. Comme toujours dans ta vie. Seul. Mais c'est un autre sujet.

— Ah, c'est carrément un sujet ?

Nathan était furieux.

— Nathan, calme-toi. Je ne t'ai jamais rien vu faire au débotté et je ne t'ai jamais vu partager plus qu'une heure ou deux avec une femme, et là, tu me dis que tu décides de partir avec une inconnue. Alors évidemment, mon premier réflexe, c'est d'être content pour toi, mais en y réfléchissant, ça m'inquiète. Surtout quand on m'appelle pour me dire que tu as fait un malaise ! Si ce n'était pas le cas, quelle sorte d'ami je serais ?

— La sorte qui devrait s'occuper de ses affaires ! Mais en même temps, le baba cool que tu es devenu se fait peut-être chier dans sa vie rêvée, alors il invente des problèmes là où il n'y en a pas ! Va chercher un sens à ta vie au lieu de m'emmerder !

Nathan vit le regard de Michel s'obscurcir et regretta instantanément ses paroles.

— Michel, je suis désolé. Tu dois comprendre, j'ai passé ma vie à faire ce qui était raisonnable, raisonné, calculé. Pour une fois, j'ai décidé de profiter un peu. Et ça me réussit. J'ai l'impression de vivre vraiment depuis peu, Michel. Et tu penses que c'est un problème ?

— Nathan, je ne dis pas que c'est un problème ! Je dis que venant de toi, comme ça, brutalement, ça m'inquiète.

— Venant de moi ? Alors quoi ? La seule chose que je mérite, c'est une vie d'ennui ?

— Ce n'est pas ce que j'ai dit, et encore moins ce que je pense Nathan. Et tu le sais. Réponds-moi franchement, quand es-tu parti en vacances avec une femme ? Sans même parler de vacances, tiens, quand as-tu passé une nuit complète avec une femme ?

Nathan, encore une fois, se montra incapable de répondre. Michel se leva devant un Nathan abasourdi. Il approcha sa chaise de son ami et se rassit. Il posa sa main sur le bras de Nathan.

— Je suis heureux que tu décides enfin de profiter de ta vie. Vraiment heureux. Je ne veux juste pas que tu le fasses pour de mauvaises raisons et de la mauvaise manière.

Nathan regarda au loin et murmura :

— Il n'y a pas de mauvaises raisons à prendre de bonnes décisions.

Michel éclata de rire.

— Nathan, tu es sérieux ? Tu t'es pris pour un gourou de Facebook ? Tu vas commencer à me sortir des phrases à deux balles sur le sens de la vie ?

Nathan sembla un instant absent puis, comme sorti d'un long sommeil, il sourit.

— Michel, je n'ai rien décidé du tout. Depuis peu, je trouve que les choses ont plus de goût, plus de couleurs, plus de vie...

— Serais-tu finalement humain et serais-tu tombé amoureux ? C'est cette Elisabeth qui te met dans cet état ? Ça, ça peut être une bonne raison !

— Je ne sais pas, mais... Ça va te paraître fou... Est-ce que tu te souviens de l'interview de cet acteur américain qui sautait sur le canapé dans une émission de télé ?

— Tom Cruise chez Oprah Winfrey ?

— Oui ! Oui, c'est ça ! Eh bien, je me sens exactement comme ça ! J'ai tout le temps envie de chanter et de danser !

Brusquement, Nathan se leva. Michel eut l'impression folle un instant qu'il allait se mettre à danser, mais au lieu de cela, Nathan se dirigea vers l'intérieur du restaurant, le laissant seul sur la terrasse. Michel ne savait plus quoi penser. Il se sentait à la fois heureux pour son ami, mais aussi soucieux. Quel ami ne le serait pas ? L'amour avait des vertus, il le savait, mais pouvait être aussi dangereux. Il en savait quelque chose. Tout le monde pensait qu'il avait nommé sa voiture d'après le titre du livre de Stephen King. Il n'en était rien. Christine était le nom de son premier amour. De son seul amour. Une femme qu'il avait rencontrée alors qu'il était en train de créer son entreprise. Une de ces femmes qui ont la capacité de donner de la force à la personne qu'elles aiment. Sa réussite, c'est à elle qu'il la devait. À ses conseils, à ses encouragements, à son amour. Il n'avait pas vu les signes. Les messages de moins en moins présents. Les appels plus rares. Il avait pris cela pour une volonté de s'effacer pour lui permettre de mieux travailler. Elle avait fini par le quitter. Et la douleur qu'il avait ressentie, il ne voulait pas que Nathan la vive aussi. Nommer sa voiture ainsi avait été le seul moyen qu'il avait trouvé afin de continuer à pouvoir prononcer son prénom. Quand Nathan revint, il afficha un large sourire, ce qui rassura quelque peu Michel.

— Je viens d'avoir Elisabeth au téléphone. Elle est bien arrivée à Paris. Je suis impatient de te la présenter.

— Mais je ne demande que ça ! Parle-moi d'elle ! Tu ne m'as même pas montré une photo !

Nathan, après s'être assis, commença à manger ce qui était dans son assiette avec appétit. Puis, il commença à raconter à son ami les dernières quarante-huit heures. La rencontre d'abord, l'idée du voyage, l'évidence de lui demander de l'accompagner. Il ne cacha rien. Il raconta même, un peu honteux, sa tentative de karaoké. Michel n'arrivait déjà pas à imaginer Nathan chanter, alors en public... Mais le voir ainsi sourire, manger avec autant de plaisir, être enthousiaste... le rendait heureux. Il avait longtemps espéré voir son ami profiter de la vie. Alors pourquoi devrait-il s'inquiéter ? Puis Nathan en vint à parler de son entretien avec la commissaire Kaidar. Son regard se fit plus sombre, son explication plus saccadée, son appétit moins évident. Lorsqu'enfin, presque à bout de souffle, Nathan arrêta de parler, Michel resta silencieux un moment. Ses sentiments étaient mélangés. Lorsqu'il reprit la parole, ce fut pour poser une question.

— Que vas-tu faire ?

— À propos de quoi ? D'Elisabeth ? Ou de ce que m'a dit Kaidar ?

— À propos de Lisa, de sa mère, de ce que tu as appris...

Nathan sembla prendre sur lui pour répondre, puis il souffla :

— Je ne l'ai jamais lâché des yeux.

Michel ne comprenait pas.

— Lisa ? Oui, je sais. Tu n'as rien à te reprocher.

— Non. ¨as Lisa. Lui. Anthony. Je ne l'ai jamais lâché des yeux. J'ai toujours fait en sorte de savoir ce qu'il devenait. Je ne sais pas pourquoi.

— Je peux comprendre ça... Et il est devenu quoi ?

— Il est patron d'un petit supermarché. Marié, deux gosses. Une Mercedes. Vacances au ski l'hiver, à la mer l'été. Une maîtresse qu'il change de temps en temps... Ne me regarde pas comme ça, je ne le fais pas suivre, évidemment que je n'en sais rien pour les maîtresses. J'invente. Mais le reste est vrai. Ce n'est pas seulement un violeur, Michel. C'est un meurtrier.

— Ce n'est pas si simple...

— Si, c'est simple.

La colère froide de Nathan fit peur à Michel.

— Excessivement simple, même. Ce type a gâché la vie de Lisa et n'a jamais payé pour ça. Et on ne peut rien y faire.

— Quand est-ce que tu l'as croisé pour la dernière fois ?

— Jamais depuis que je sais. J'ai trop peur de ma réaction. Ça ne m'empêche pas d'être « ami » avec lui sur les réseaux sociaux. De le voir étaler sa réussite. Sa famille. Ses enfants. Son sourire.

Nathan sembla de nouveau perdu dans ses pensées. Il tapotait en rythme sur la table, fredonnant un air qu'il semblait être le seul à entendre. Puis, soudain, il regarda Michel droit dans les yeux.

— On rentre à Paris ? J'ai des courses à faire.

# CHAPITRE 29

**Salut Mélanie, on est sur le retour depuis Étretat. Je vais avoir besoin de toi.**

Depuis quand est-ce que je peux te refuser quelque chose Michel ?

# CHAPITRE 30

Son appartement était tel qu'il l'avait laissé quarante-huit heures auparavant, mais Nathan avait l'impression de le voir pour la première fois. La route avait été longue et ennuyeuse, mais il l'avait faite d'une seule traite. Michel l'avait suivi tout du long, faisant parfois des appels de phares quand Nathan oubliait de respecter les limitations de vitesse. Nathan ne savait pas ce qu'il dirait à Tony, il savait simplement qu'il avait besoin d'aller le voir. Que Lisa méritait qu'il aille le voir. Peut-être simplement pour qu'il ait conscience des dégâts qu'il avait causés. Peut-être plus.

Alors même qu'il prenait une douche, Nathan regarda sa montre, il était tard, le supermarché devait sûrement être déjà fermé depuis longtemps. Il n'avait pas envie de passer la soirée seul, ni même avec Michel qui pourtant l'attendait dans le salon. Il avait envie de voir Elisabeth. Mais n'était-ce pas trop tôt ? Il n'avait jamais été très fort au jeu subtil du « fuis-moi, je te suis ; suis-moi, je te fuis ». Il avait toujours fui, sans avoir jamais eu envie de suivre. Mais il avait l'intuition que cette fois-ci, les choses étaient différentes. Pas seulement de son point de vue, d'ailleurs. Il sentait bien qu'Elisabeth était quelqu'un de particulier. C'est aussi pour cette raison qu'il ne voulait pas encore la présenter à Michel. Protéger ses premiers instants avec elle. Cette bulle si protectrice. Ces moments où l'on se découvre, ou chaque instant s'avère être une surprise.

Jusqu'à présent, les surprises avaient toujours été des déceptions. Presque toujours, pour être honnête. Mais il n'avait jamais laissé la possibilité à qui que ce soit d'entrer dans son intimité. La place avait été prise bien des années auparavant par son amitié avec Lisa. Il lui avait souvent été reproché son manque d'implication, et on l'avait même soupçonné d'avoir des vies parallèles, de vivre plusieurs amours en même temps. C'était en quelque sorte vrai, mais comment expliquer cet amour pour Lisa que lui-même ne comprenait pas, qu'il n'osait pas s'avouer à lui-même ?

La buée chaude de la douche l'étouffait. Nathan avait besoin d'air frais, et pour la première fois depuis qu'il le connaissait, il ne savait pas comment dire à Michel qu'il avait besoin qu'il parte. Qu'il avait besoin d'espace. Plus précisément, d'un espace qu'il pourrait partager avec Elisabeth.

Était-il devenu un de ces amoureux transis dont il avait l'habitude de se moquer ? De ceux qui trouvent n'importe quelle excuse pour passer ne serait-ce qu'un petit moment avec l'élue de leur cœur ? Les idées se mélangeaient dans sa tête. Une musique forte s'éleva dans la salle de bains, sans prévenir, et cela fit sursauter Nathan. Michel, s'ennuyant, avait dû mettre un vinyle pour accompagner sa solitude. Son choix était fort à-propos. *Tears in Heaven*, d'Eric Clapton. Nathan ne se souvenait même pas d'avoir acheté ce disque.

« I must be strong and carry on. »

Autrement dit, « Je dois être fort et continuer à vivre ». Cette chanson, initialement écrite par un père pour son fils décédé, parlait énormément à Nathan. Lisa lui manquait. Depuis le premier jour. Ses rires, ses larmes, ses silences mélancoliques, aussi. Sa vision de la vie, à la fois sombre et optimiste. Elle lui manquait, car elle avait

donné un sens à une vie qu'il trouvait vide avant elle, et ennuyeuse depuis elle. Cette vie grise commençait enfin à prendre des couleurs grâce à Elisabeth. Il avait envie de la voir et il n'avait aucunement l'intention de s'excuser pour cela. Il sortit de la douche alors que la musique s'était arrêtée. Il se sécha rapidement, et alors même qu'il sortait de la salle de bains pour rejoindre son ami, il le trouva allongé sur le canapé en cuir noir. Il s'était endormi. Nathan regarda Michel un instant, reconnaissant. La vie lui avait donné la chance de rencontrer de belles personnes. Michel, sans aucun doute, prenait la tête du classement.
Nathan alla chercher un bloc-notes dans un tiroir, puis griffonna :

> « C'est qui la marmotte, maintenant ?
> J'ai envie d'aller faire un tour.
> Ne t'inquiète pas, tout va bien. On se voit demain.
> Merci d'être là. D'être toi. »

Il relut son mot, le trouva un peu mélo, haussa les épaules, puis mit son blouson en cuir pour sortir. Prenant soin de ne pas faire de bruit en fermant la porte de son appartement, il sortit son téléphone afin d'envoyer un message à Elisabeth. Avant même de l'allumer, il réfléchit aux meilleurs mots à écrire. Comment dire à cette femme qu'il avait envie de la voir tout en gardant une certaine distance, pour ne pas dire dignité ? Attendant l'ascenseur, il écrivit dans sa tête plusieurs messages, tous plus mauvais les uns que les autres. Agacé, il prit finalement la décision de rester honnête et simple.

> « Je suis de retour à Paris. Envie de te voir. Que dirais-tu d'un dîner ? »

Arrivé dans son garage, Nathan rangea son téléphone. Il savait que celui-ci ne captait pas au sous-sol. La réponse, si elle devait arriver, attendrait. Il se dirigea vers l'emplacement où l'attendait sa Mustang. Assis derrière le volant de sa voiture, il resta un instant immobile. Que ferait-il si Elisabeth ne lui répondait pas ? Pire, si elle préférait ne pas le revoir ? Il démarra, puis quitta le garage en direction des rues de Paris, de nuit. Sans direction précise. Avec simplement le besoin de conduire, de s'enfiler les kilomètres comme certains s'enfilent des barres chocolatées. Juste le bruit du moteur et des rapports qui changent. Les réverbères de Paris, comme un chemin balisé vers un une vie plus libre, n'était-ce pas cela la promesse implicite de posséder une Mustang ? Cette liberté que tout le monde recherche sans vraiment se donner les moyens de l'atteindre ? La recherche de la rébellion, tout en restant dans le confort d'un appartement feutré du seizième arrondissement de Paris. Sans oublier, bien sûr, la moquette rouge qui recouvre les escaliers et le cuivre récuré par la gardienne que l'on salue rapidement sans vraiment savoir de quoi est fait sa vie. Il suffit de se donner bonne conscience grâce à une enveloppe garnie une fois par an, et de sourire lorsqu'elle vous remet un peu tard des colis qu'elle a réceptionnés à votre place. Nathan avait conscience du paradoxe qu'était sa vie. De la différence entre ce qu'il aurait aimé qu'elle soit et ce qu'il vivait réellement. Et de la chance qu'il avait. Son métier le mettait souvent face à des personnes moins chanceuses que lui. Des enfants qui avaient traversé une route sans regarder assez attentivement, des parents qui auraient dû éteindre leur mobile avant de prendre leur voiture. Des blessés, des victimes, des proches. Tous balayés par la malchance que certains appellent le destin. Cela aurait dû lui permettre de mieux apprécier sa vie. Alors pourquoi ? Pourquoi ce froid au fond de lui ? Ce vide ? Était-ce dû à l'absence de Lisa ? À son geste qu'il ne lui avait jamais pardonné ? À ces moments dont elle les avait privés ? Nathan sentit la colère monter en lui. L'envie de taper le volant. L'envie de frapper tout et n'importe quoi. Tout, pour que cela puisse sortir de lui. Sentiment nouveau, là encore. Lui qui avait tout au long de sa vie gardé en lui ses sentiments, sa colère, au risque de paraître froid et sans cœur, il avait envie de hurler. C'est d'ailleurs ce qu'il commença à faire lorsqu'il entendit son téléphone sonner. S'arrêtant sur le bas-côté, il sortit son mobile de la poche intérieure de son blouson et sa colère disparut aussi rapidement qu'elle était arrivée.

> « Je ne m'attendais pas à avoir de tes nouvelles aussi vite, mais cela n'est pas pour me déplaire. Que dis-tu de me retrouver quai de Valmy ? »

Nathan arbora un sourire satisfait. Il n'eut même pas besoin de répondre, car il reçut un nouveau message lui indiquant :

> « J'y serai dans 10 minutes, je t'y attends. »

Dix minutes, c'est à peu près le temps dont il avait besoin. Il enclencha la première et prit la direction du dixième arrondissement. Il se surprit à fredonner, sans vraiment reconnaître l'air qu'il avait dans la tête. Il trouva la ville belle, puis se pensa ridicule d'être ainsi heureux. Heureux ? L'était-il ? L'avait-il déjà été ? Savait-il même ce qu'était le bonheur ? Il avait souvent observé, un peu curieux, les gens heureux autour de lui, se demandant même ce que cela faisait d'être si insouciant. La vie n'était pourtant qu'une suite sans fin de tracas, d'emmerdes, jalonnée parfois de petits bons moments. Mais ce soir-là, Nathan avait envie de chanter.

Les quais étaient proches, il décida donc de se garer et de finir à pied. Lui qui avait pour habitude de ne se garer que dans des parkings souterrains pour protéger sa voiture, décida de stationner à la première place trouvée. En bas d'un petit immeuble cossu de la rue Louis-Blanc. L'adresse lui parlait vaguement, sans vraiment pouvoir déterminer pourquoi. Sûrement un restaurant dont on lui avait parlé, ou un patient dont il s'était occupé. Alors même qu'il se dirigeait vers les quais, il remarqua de loin une silhouette familière. Il accéléra le pas afin de la rejoindre. Elisabeth, car il s'agissait d'elle, marchait lentement, ce qui lui permit de la rattraper assez vite. Le bruit de ses pas semblaient battre la mesure d'une musique qu'il connaissait. Alors qu'il se rapprochait, ne voulant pas l'effrayer, il l'appela doucement. Elle se retourna, superbe, un peu comme dans un film, au ralenti. Elle lui sourit. Un de ces sourires qui disent « je suis contente de te voir », un de ceux, pleins de promesses d'une soirée qui s'annonce bien. Nathan ne put s'empêcher de l'admirer. Elle portait des talons hauts dorés et une jupe noire qui mettait très bien en valeur ses jambes longues et fines. Son sourire se modifia, comme pour dire à Nathan qu'elle n'était pas dupe. Il arrêta donc de la dévisager, de la déshabiller du regard.

— Il est mignon, on dirait un enfant surpris les doigts dans un pot de Nutella et qui se fait gronder par sa mère... Et en plus, il rougit. Ravis que ma tenue te plaise, Nathan.

Il ne sut que répondre et préféra, de loin, l'embrasser. Ses lèvres étaient douces et fraîches. Son baiser lui procura une décharge électrique agréable au creux de la nuque. Un picotement qui remonta tout doucement jusqu'en haut de son crâne. Il fallait le reconnaître, il n'avait jamais ressenti cela.

Sans un mot, ils continuèrent à marcher dans la rue en

direction de la passerelle des Douanes. Nathan savait qu'il n'avait pas besoin de parler. Simplement de profiter de l'instant. Et pourtant, il avait tant à dire. Mais il ne trouvait pas les mots. Comment dire à Elisabeth qu'avec elle, la vie semblait, pour la première fois depuis longtemps, moins vide ? Et ce, sans paraître niais ? Sans faire peur aussi, car finalement, même s'il avait l'impression de la connaître depuis toujours, Elisabeth n'était dans sa vie que depuis un peu moins de soixante-douze heures. Des heures riches en émotions, certes, mais peu, trop peu nombreuses pour ce type de déclaration. Il ne comprenait pas ce qu'il était en train de vivre.

Devant eux, une famille venait en sens inverse. Instinctivement, Nathan eut un mouvement de recul, sans vraiment comprendre pourquoi. Elisabeth ressentit son émoi puisqu'elle s'arrêta tout net et le regarda, inquiète. Nathan se focalisa tout d'abord sur les deux enfants qui lui semblaient familiers, puis il leva le regard vers la femme, apprêtée. Elle était jolie, avait son âge à peu prés. Le genre de femme dont on imagine que la vie l'a préservée des coups durs. Celle pour qui la tartine tombe toujours du bon côté. Non, en fait, sa tartine ne tombe jamais.
Nathan eut très froid, tout à coup. La rue Louis-Blanc... Ça y est, il se souvenait désormais. Il habitait là. Avec sa famille.
Lui.
Anthony.
De toutes les rues parisiennes, il avait fallu qu'il se gare dans cette rue. Et qu'il le croise. Avec sa famille. Nathan n'avait pas encore réussi à le regarder. À tourner ses yeux vers lui. La vie, décidément, avait un humour bien particulier.
Doucement, Nathan orienta son regard de la femme vers l'homme. Le violeur. L'assassin. Et il ne vit qu'un père de

famille… Un homme de son âge. Le poids des responsabilités avait creusé son visage. Le fils à papa avait laissé la place à un homme qui semblait perdu dans ses pensées. Un homme comme les autres. Bien loin de l'image que Nathan s'était faite de lui. Le choc était violent. Tellement qu'Elisabeth murmura :

— Je ne sais pas ce qui se passe, mais tu m'écrases la main, Nathan.

Nathan bredouilla une excuse, puis lâcha la main d'Elisabeth. Il fut pris de vertiges. Il ne savait pas comment réagir. S'approcher de lui et lui coller son poing dans la figure ? Romantique certes, mélodramatique même, mais à quoi bon ? L'exposer face à ses actes ? Devant sa femme et, surtout, ses enfants ? Voulait-il prendre la responsabilité de la blessure qu'il leur infligerait ? Lisa l'aurait-elle souhaité ? Son téléphone vibra, le tirant brutalement de ses pensées. Il répondit sans même regarder qui l'appelait :

— Nathan, c'est Michel. Où es-tu ?

— Il est en face de moi, Michel… Je suis tombé sur lui par hasard. Anthony. Le violeur de Lisa. Je ne sais pas quoi faire.

Le calme de sa voix l'étonna lui-même. Il n'était apparemment pas le seul, car déjà, Michel le conseillait :

— Nathan, tu ne fais rien ! Tu m'entends ? Tu ne fais rien du tout. Tu me dis où tu es et tu m'attends. Il n'est pas question que tu restes seul.

— Je ne suis pas seul, je suis avec…

Nathan tourna la tête pour regarder Elisabeth… qui n'était plus là.

— Je ne comprends pas. Elisabeth était avec moi il y a une seconde... Il s'approche, Michel. Je ne peux pas ne rien faire. Je ne peux pas.

Et Nathan raccrocha. Il décida d'aller se confronter au monstre qui avait détruit son amie, quelles qu'en soient les conséquences. Mais alors qu'il s'approchait, il fut stupéfait de voir les enfants en train de claquer des doigts en rythme. Le couple de parents marchant derrière les suivait à une bonne distance et les pas suivaient le rythme des claquements de doigts. La petite fille s'avança un petit peu, puis fit un petit saut gracieux, un peu à l'image des petits rats de l'opéra. Les parents ne semblèrent pas étonnés de voir leur fille ainsi danser. Pire, même, ils se mirent aussi à claquer des doigts en rythme. Nathan eut presque l'impression d'entendre la musique de *West Side Story*. Non, il entendait vraiment la musique de la comédie musicale dont il avait loué la cassette VHS et qu'il avait regardée un après-midi pluvieux avec Lisa. Il se souvint de son regard admiratif. Telle une petite enfant. Pour contrebalancer la dureté de l'histoire, la danse et la musique rendaient les choses plus acceptables. Plus agréables. Une bête histoire de racisme ordinaire devenait ainsi une belle histoire romantique. Lisa avait murmuré :

— La vie serait tellement plus simple si elle ressemblait à une comédie musicale...

Là, dans cette rue de Paris, Nathan trouvait qu'en fait non, la vie ne serait pas plus simple. Il la trouvait même beaucoup plus compliquée. En voyant cette famille ainsi danser, en entendant cette musique sortie de nulle part, il se sentit perdu. Seul. Effrayé. Paniqué. Et Elisabeth qui avait disparu... Il vit un banc public à côté de lui, il s'en approcha et s'y laissa tomber. Il ferma les yeux, haletant.

— Tout va bien, monsieur ?

La musique avait disparu. Nathan ouvrit les yeux et vit devant lui la famille qui l'observait. En tête, Anthony, téléphone à la main, semblait prêt à appeler les secours. Il répéta :

— Tout va bien, monsieur ?

Nathan prit sur lui pour ne pas hurler, pour ne pas le frapper. Il regarda les enfants restés en retrait. La peur qu'il lut dans leurs regards le bloqua instantanément.

— Tout va bien, oui. Un simple malaise. Ne vous inquiétez pas. Je suis médecin. Tout va bien.

Le sésame du médecin fonctionna, car il aperçut instantanément les regards rassurés face de lui. La femme, néanmoins, insista :

— Vous êtes sûr ? Vous nous avez flanqué une sacrée trouille…

— Oui madame. Merci de vous être arrêtés, mais ça va mieux.

Tout en disant cela, Nathan regardait Anthony droit dans les yeux. Celui-ci ne l'avait jamais croisé, il n'avait donc aucune raison de se méfier.

— Si monsieur va mieux, on va le laisser reprendre ses esprits. Venez les enfants, répliqua Anthony.

Mais sa femme ne semblait pas rassurée à l'idée de laisser un homme ayant fait un malaise seul ainsi dans la rue.

— Monsieur, vous ne préférez pas qu'on appelle les secours ?

Nathan, sans quitter Tony du regard, lui répondit :

— C'est vraiment gentil madame, mais cela ne sera pas nécessaire. J'ai appris le décès d'une amie. Un suicide. Elle s'appelait Lisa.

Nathan vit l'homme en face de lui se crisper. Mais à son grand étonnement, il perçut aussi un mouvement de recul chez la femme. Elle bafouilla :

— C'est... C'est... horrible.

Nathan, décidé, continua :

— Oui, je suis d'accord avec vous madame, c'est horrible. Elle a été violée lorsqu'elle était au lycée. Par un groupe de jeunes garçons. Elle ne s'en est jamais remise. Au sens propre comme au sens figuré.

Le père de famille lâcha son téléphone de surprise. Instinctivement il se mit devant sa femme, comme pour la protéger. Cela mit encore plus en colère Nathan. La protéger de quoi ? La protéger de qui ? Il décida alors de dévoiler à cette épouse le monstre à côté duquel elle avait vécu.

— Lisa était amoureuse. Elle était naïve.

La femme secoua la tête incrédule, mais Nathan continua :

— Elle était une cible facile. Une proie. Et son petit ami un prédateur.

Puis fixant l'homme qui blêmissait de plus en plus, il ajouta :

— Alors il a fait ce que font les prédateurs. Il s'est servi. Sans penser aux conséquences. Enfin aux conséquences pour elle, car lui a continué sa vie normalement. Et vous voulez connaitre le pire Madame ? Le pire c'est qu'aujourd'hui cet homme est marié. Il est même père de famille.

La réaction du couple permit à Nathan de ne plus avoir aucun doute. La femme était au courant. Elle savait. C'est d'ailleurs elle qui prit la parole.

— Écoutez, je ne sais pas à quoi vous jouez, mais je sais déjà tout. Je ne cherche pas à l'excuser, rien ne le pourrait, mais Anthony m'a tout raconté. Il regrette. Il était saoul. En disant cela, je me rends compte que ça donne le sentiment d'expliquer, alors que non... Il ne se l'est jamais pardonné, monsieur. Il sait ce qu'il a fait. Venez, les enfants.

La femme attrapa ses enfants par la main et s'éloigna rapidement, laissant les deux hommes seuls. Silencieux. Nathan se leva. Il regarda Anthony droit dans les yeux.

— Tu sais ce que vous avez fait ? Vraiment ? Tu as réussi à le faire croire à ta femme, mais je ne suis pas dupe.

Anthony regardait le sol. Il murmura :

— J'ai voulu me dénoncer dès le lendemain. Mes parents m'ont bloqué.

Nathan avait envie de vomir à l'entendre. Il s'approcha de lui :

— C'est ça que tu te racontes pour mieux dormir ? Mais tu as sûrement oublié le coup de fil que tu as passé à Lisa quand tu es revenu. Pour lui dire que si elle n'avait pas déposé plainte, c'est qu'elle avait aimé ça...

Il hurla presque en répétant :

— Qu'elle avait aimé ça !

Anthony fit un pas en arrière, apeuré.

— Tu l'as raconté, ça, à ta femme ? Quand tu regardes ta fille, tu imagines ce qu'un mec comme toi et ses amis pourraient lui faire ? Tu te rends compte de ce que tu as fait à Lisa ?

Nathan s'aperçut que de parler à Anthony ne lui faisait finalement pas de bien. Il serra le poing et frappa. Fort. Puis, au loin, il vit Elisabeth qui revenait en courant, accompagnée de ce qui ressemblait à une équipe de pompiers. Il regarda Anthony et lui cria :

— Dégage !

Celui-ci ne se le fit pas répéter deux fois et partit en courant, rejoignant sa famille qui entrait dans un immeuble de la rue. Nathan ferma les yeux, respira un grand coup. Il avait, grâce à son métier, appris à cloisonner. Il lui fallait faire redescendre la pression. Alors qu'il ouvrait les yeux, Elisabeth était face à lui. Inquiète. Il l'entendait décrire des symptômes aux pompiers qui se tenaient près de lui.

— Je vous ai appelés car je l'ai vu totalement délirer. J'étais en train de marcher tranquillement, et puis il s'est mis à fredonner très fort. Puis il a tenté de prendre ma main et de m'embrasser. J'avais beau lui demander de me lâcher, il n'en faisait rien, comme s'il ne m'entendait pas. J'ai voulu appeler les flics, mais quand il s'est mis à danser dans la rue, j'ai compris que c'était plutôt vers vous que je devais me tourner. Après seulement, j'ai contacté la police. Et apparemment, j'ai bien fait, vous avez vu comment il a hurlé devant ce monsieur qui s'est enfui ?

Nathan avait du mal à croire qu'elle parlait de lui. Il voulut la contredire, mais il avait la bouche pâteuse et les paupières lourdes. Tellement lourdes. Il fallait pourtant qu'il parle à ces pompiers. Qu'il leur dise qui il était. Qu'il n’y avait pas d’inquiétude à avoir. Il le fallait, mais il le ferait après s’être reposé un instant. Juste un instant.

# CHAPITRE 31

« Un goût de métal dans la bouche. La musique au loin. Et la sirène qui couvre les ordres que je ne comprends pas. Je suis médecin et pourtant, je ne comprends pas ce qui m'arrive.
Les symptômes devraient pourtant me mettre sur la piste, mais je n'arrive pas à les mettre bout à bout pour arriver à un diagnostic.
Un diagnostic, alors que je parle de moi. Je dois dire que je ne l'avais pas vu venir. J'ai bien conscience que j'ai perdu conscience, justement. Mais même dans cet état, j'ai besoin de comprendre. Comprendre est ce qui me permet de m'accrocher. C'est d'ailleurs pour cela que j'ai fait ce métier aussi. Pas seulement pour sauver des vies. Non, pour comprendre comment la vie fonctionne. Mais il m'a fallu du temps pour comprendre que la vraie question, celle qui me taraude, c'est pas comment, mais pourquoi.
J'entends au loin le pompier hurler au conducteur de se dépêcher. Comment cela est-il possible ? Comment ne peut-il pas comprendre qu'il s'agit d'un simple coup de fatigue ?
Le goût de métal est insupportable. Je donnerais n'importe quoi pour un verre d'eau, pour me rincer la bouche.
À en croire le pompier, je m'enfonce. Et il a raison. J'ai envie de me laisser aller, pour une fois. De ne plus maîtriser. Juste de me laisser aller. De m'endormir pour une nuit sans rêve, sans cauchemar. Sans elle. »

# CHAPITRE 32

Quand il ouvrit les yeux, Nathan était dans un environnement qu'il ne connaissait que trop bien, mais de l'autre côté de la barrière : une chambre d'hôpital. Pas son hôpital. Au vu de ce qui était inscrit sur les draps, il se trouvait à l'hôpital Saint-Louis, ce qui semblait logique puisque cet établissement était situé à deux pas des quais. Sa tête le lançait. Il n'avait aucun souvenir de ce qui l'avait amené ici. Sur le siège dévolu à l'accompagnateur, Michel somnolait. Et à côté de lui, debout, Mélanie le regardait, inquiète.

— Mélanie, qu'est-ce que je fais là ?

— Nathan, je suis vraiment rassurée que tu te réveilles... On était vraiment inquiets. Michel a dû faire jouer ses relations pour que la police te convoque plus tard.

— La police ? Je ne comprends pas...

Mais déjà, Michel ouvrait les yeux. Le mélange de sentiments dans son regard laissait présager à Nathan que la situation n'était pas simple.

— Michel, je ne comprends pas ce que me dit Mélanie. Pourquoi la police ? Et surtout, qu'est-ce que je fous ici ?

— Nathan, je ne sais même pas par où commencer. D'abord, une femme a voulu porter plainte pour agression sexuelle, et puis, il y a aussi une plainte de violence et de menaces contre un père de famille devant ses enfants...

J'ai halluciné, Nathan. Je pensais qu'ils se foutaient de moi...

— Agression ? Mais de quoi est-ce que tu parles ? Écoute, Elisabeth était là, elle peut témoigner que rien de tout ça n'est vrai !

— Nathan, il n'y avait personne sur place, à part la femme qui a voulu porter plainte et qu'effectivement, tu appelais Elisabeth. Je ne sais même pas comment t'expliquer la situation.
Ce sont les pompiers qui t'ont emmené ici. J'ai été appelé, car je suis ton contact d'urgence. Et le médecin de garde a décidé de te faire passer un scanner cérébral en urgence.

— Un scanner ? Michel, parfois ton humour...

Michel éleva la voix.

— Nathan, ferme-la et écoute-moi ! Le médecin a décidé de te faire passer un scanner et le résultat n'est pas bon. Pas bon du tout même, vu la gueule des infirmières. Le médecin m'a même demandé si ces derniers temps, tu avais eu des hallucinations.

— Des hallucinations ? Mais enfin Michel, de quoi est-ce que tu me parles ?

— Je t'ai dit que tu n'étais plus le même depuis un certain temps, Nathan.

— Et moi, je t'ai expliqué que c'étaient des conneries. J'ai juste décidé de profiter de la vie, d'y mettre un peu plus de couleurs et de mus...

Nathan se tut. Le regard de son ami ne le rassurait pas. Il revit en détail les derniers jours qu'il venait de vivre. En commençant par la famille d'Anthony dansant sur le rythme de *West Side Story* en pleine rue. Dire que cet

enfoiré avait eu le toupet de porter plainte pour agression !
Comme s'il avait lu dans ses pensées, Michel reprit :

— Tu m'as dit avoir croisé le violeur de Lisa, mais ce n'était pas lui, Nathan. Le mec n'est même pas français. C'est un touriste allemand qui se promenait avec ses enfants.

Nathan ne savait pas comment réagir. Les choses s'étaient passées comme dans son souvenir ; il en était sûr. Anthony était en face de lui. Le regard plein de remords. Ce regard qu'il avait attendu toute sa vie. Qu'il devait à Lisa. Comment douter de ce qu'il avait vu ? Il allait répondre cela à son ami lorsque qu'il repensa à ce qu'il avait pris pour des clins d'œil de la vie. Ces gens qui dansaient, ces musiques qui se jouaient, ces rythmes qui apparaissaient dans sa vie, le nouveau goût des choses, les couleurs plus vives... Se pouvait-il que... que tout ça ne soit que des hallucinations ? Il secoua la tête. Cela ne se pouvait. Il revoyait avec précision ce match de foot durant lequel les joueurs dansaient. Certes, il avait trouvé ça ridicule, mais il avait fait des recherches sur internet depuis, et avait vu qu'il existait même une fédération de discofoot.
Michel continua d'un air désolé :

— Nathan, pendant qu'ils te faisaient les examens, j'ai cherché sur internet des renseignements sur le restaurant dont tu m'as parlé. Celui avec le karaoké, dans un immeuble délabré. Ce sont tes mots, Nathan. Eh bien...

Nathan avait peur d'entendre la suite qui ne tarda pas.

— Il n'existe pas de restaurant de ce type à cet endroit. Juste un immeuble à l'abandon qui menace même de s'effondrer et qui va bientôt être détruit par la mairie.

Nathan ne savait plus comment réagir.

— Michel, tu te trompes. Tu as dû mal chercher. J'y étais. Demande à Elisabeth ! Oui, c'est ça ! Demande à Elisabeth ! C'est simple ! Où est mon téléphone ? On va l'appeler ensemble.

Michel, ne savait pas comment réagir. Une infirmière coupa leur discussion en entrant dans la chambre.

— Docteur Guérin, vous êtes réveillé, c'est très bien. Je vais appeler le professeur. Il a besoin de vous parler. Je ne sais pas si vous vous souvenez de moi.

— Si, bien sûr, vous êtes Louise. Vous avez travaillé dans mon service pendant un an et demi. Enfin, je crois, car mon ami qui est là joue à me faire douter de tout.

L'infirmière vérifia la perfusion, sans répondre. Puis, caressant le bras de son patient, elle le rassura :

— Le professeur va venir. Il va tout vous expliquer.

Nathan comprit que la situation était grave. Il avait été lui-même porteur de mauvaises nouvelles de nombreuses fois. Il savait comment ça fonctionnait. Il connaissait ce regard plein de compassion de celles qui vouent leur vie au bien-être de leurs patients. Et la difficulté parfois qu'elles avaient à garder pour elles les informations sur l'état réel du malade. Il en avait réprimandé suffisamment durant sa carrière pour le savoir. Alors qu'elle sortait, Nathan se tourna de nouveau vers ses amis.

— Vu vos têtes, vous avez parlé à Elisabeth, c'est ça ? Elle dit quoi ? Elle est où ?

Mélanie répondit :

— Nathan, il n'y a pas de bonne manière de t'annoncer ça. D'abord, on s'est dit que tu ne voulais pas nous présenter cette fille parce que tu la connaissais depuis trop peu de temps...

Nathan reprit la parole.

— C'est exactement ça, mais là, on peut dire que la situation est suffisamment grave pour que vous puissiez la rencontrer... et vous rassurer.

Mélanie déclara, avec une voix tremblante et les yeux humides :

— On a essayé de la trouver Nath, mais personne ne t'a jamais vu avec elle. Personne. Alors on s'est souvenus que tu lui avais écrit des SMS.

Nathan s'accrocha à cette idée, même si un mauvais pressentiment naissait en lui.

— Alors on a ouvert ton téléphone et on a cherché Elisabeth. On n'a rien trouvé. On a cherché, encore et encore, et on a vu les messages que tu avais envoyés à...

— Lisa...

Nathan avait fini la phrase tout seul. Lisa, diminutif d'Elisabeth, la personne qu'il avait inventée. Tout seul. Que son cerveau malade avait créée. Pourquoi ? Pourtant physiquement, elles n'avaient rien en commun. Forcément, ils devaient se tromper. Tout ceci n'était au mieux qu'une blague, au pire une erreur. Il n'avait pas pu imaginer ces moments, ces discussions, ces sentiments. Ses sentiments. Elisabeth était aussi blonde que Lisa était brune. Un sosie de Meg Ryan. Il avait été bluffé par cette ressemblance. Il le dit à haute voix, un peu triomphant, mais Michel lui répondit avec tristesse.

— Nathan, je ne prétends pas connaître le cerveau humain... encore moins le tien, mais Meg Ryan, ce n'est pas celle qui joue le rôle de la meilleure amie de Billy Crystal et dont il est fou amoureux sans vraiment s'en rendre compte ?

— Michel, tu es ridicule. Tu as raison, ne prétends surtout rien.

Mais au fond de lui, Nathan n'était plus sûr du tout de ce qu'il avançait. Il avait besoin de faire le point. De faire le tri entre le réel et le reste. Il regarda ses amis et constata une tristesse incommensurable dans leur regard. Et il la ressentit aussi. Sa vie, ces derniers jours, avait été plus intense que jamais tout au long de sa vie, et cela n'était finalement qu'une illusion. Un rêve chimique créé par une tumeur située dans son cerveau. Le gris de sa vie avait été remplacé par un arc-en-ciel imaginaire, artificiel.

— Vous savez, finalement elle avait raison, Lisa. La vie est bien plus belle en comédie musicale. C'était sympa de voir les gens chanter et danser. C'était bien d'entendre les bonnes chansons au bon moment. La vie était belle quand les goûts avaient vraiment du goût.

Michel lui coupa la parole.

— Mais c'est aussi ça la vie, Nathan. C'est à toi d'en faire ce que tu veux. C'est pour ça qu'elle est belle la vie. Parce que parfois, elle est moche, mais qu'on décide de la rendre belle. On peut s'ennuyer et refuser de s'emmurer dans une vie terne !

Nathan éclata d'un rire sans joie.

— Il m'avait manqué, le Michel philosophe. Et toute cette sagesse, elle va me servir à quoi dans une vie où je ne sais pas ce qui est vrai et ce qui est faux ?

Michel ne sut que répondre. Il n'eut d'ailleurs pas besoin de le faire, car la porte de la chambre s'ouvrit avec force. Un médecin entre deux âges, sûr de lui, entra dans la chambre, le nez dans un dossier, suivi par Louise, l'infirmière.

— Cher confrère, je ne vais pas y aller par quatre chemins. Vous avez une tumeur assez mal située dans le lobe temporal. Dans votre malheur, vous avez eu la chance d'être transporté ici. C'est, en quelque sorte, notre spécialité. Le temps presse, comme vous n'avez pas su voir les signes avant-coureurs, le traitement médicamenteux n'est plus possible. Le stade est bien avancé, et je ne vais pas vous cacher que sans une intervention d'urgence, le pronostic vital est engagé à très court terme.

— À très court terme ?

Mélanie avait répété les termes, horrifiée. Le médecin sembla surpris de la voir.

— Mais vous êtes qui, vous ?

Puis, se tournant vers la pauvre infirmière qui sentait ce qui allait arriver, il pesta :

— Vous ne pouviez pas me dire qu'il n'était pas seul dans la chambre ? Ça vous dit quelque chose le secret médical ? Cher confrère, veuillez excuser l'infirmière, qui n'a pas conscien...

Mais Nathan lui coupa la parole, agacé.

— Elle n'y est pour rien, cher confrère. De toute façon, je n'ai rien à cacher aux personnes qui sont présentes dans cette pièce. La question de mon amie était donc « à court terme dans quelle mesure » ?

Le médecin reprit le laïus qu'il avait dû servir à de trop nombreuses reprises à des patients désemparés.

— Nous parlons en jours, voire en heures. Je suis désolé. Ce n'est pas à vous que je vais l'apprendre, si nous avions pu traiter le problème en amont, nous aurions pu peut-être l'éradiquer, et encore, vu l'emplacement, ce n'est même pas sûr. Dans tous les cas, à l'heure actuelle, seule une chirurgie est envisageable. Avec des risques non négligeables.

— C'est-à-dire ?

Le côté froid et calculateur de Nathan avait repris le dessus. Il était désormais dans un rapport de risques-bénéfices, prenant son cas avec le recul nécessaire. En tout cas, avec tout le recul dont il était capable. Le médecin commença sa phrase :

— Eh bien, cher confrè...

Mais en voyant le regard exaspéré de Nathan, il se reprit presque immédiatement.

— Eh bien, monsieur Guérin, les risques sont nombreux. Tout d'abord, le décès ne peut être exclu, car la tumeur est réellement mal placée. Donc le risque d'ouvrir et de ne pas pouvoir intervenir est bien présent. Les risques neurologiques le sont également, vous le savez aussi bien que moi. Il demeure un risque non nul aussi que nous puissions retirer la tumeur, mais que les effets liés à celle-ci, les hallucinations pour être plus clair, persistent.

— En clair, vous êtes en train de nous dire que vous y allez à l'aveugle et que vous n'avez aucune idée de ce qui va se passer ? s'emporta Michel.

Nathan, quant à lui, réfléchissait à toute allure.

— Michel, son discours est normal. Il ne peut pas faire mieux. Quand est censée se passer l'opération ?

— Si vous donnez votre accord, demain matin à la première heure. Il faut être à jeun et que...

— Oui, je connais le protocole préopératoire cher confrère. Je vous remercie. Je vous ferai part de ma réponse rapidement. Je vous prie de me laisser le dossier afin que je puisse l'étudier.

Le médecin, s'il fut choqué par la réponse, ne le laissa pas entrevoir. Il ferma le dossier, le posa sur la tablette de Nathan, fit un signe de la tête à l'infirmière, puis sortit de la chambre.

Michel attendit un instant, puis hurla :

— Tu vas faire part de ta réponse rapidement ? Mais on la connaît, ta réponse ! Demain, tu te fais opérer, point barre.

Le silence de Nathan inquiéta Michel.

— Nathan, tu n'es quand même pas en train de considérer... Nathan, tu l'as entendu, on parle de jours, voire d'heures ! Putain, Nathan !

Mais Nathan ne répondit pas, trop occupé à lire le dossier qu'avait posé le médecin en face de lui. Michel connaissait son ami. Il savait que dans ces moments-là, il fallait lui laisser de l'espace. Mais il bouillait de rage. D'inquiétude aussi. Mélanie pleurait en silence, tout en regardant Nathan comme si elle cherchait à accumuler ses souvenirs avec lui. Après avoir parcouru les pages, Nathan referma le dossier.

— Il a raison, mais on est plus sur des semaines que sur des jours. Sur ce point, il se plante. Il veut intervenir rapidement car si la tumeur grandit, il ne pourra plus le faire. Les risques sont quand même assez grands. Je n'arrive pas à réfléchir correctement.

Michel s'engouffra dans la brèche :

— Exactement ! Tu n'es pas en état de décider. Je vais le faire pour toi. Demain, ils vont t'opérer. Basta !

Nathan, loin de s'énerver, regarda son ami tristement :

— Michel, ce n'est pas si simple. Les risques sont importants. Le plus grand d'entre eux, c'est que je sois réduit à l'état de légume. C'est très technique, ça se joue au micron près, pas au millimètre, Michel. Un micron trop à droite et je serai un légume jusqu'à la fin de mes jours. Un peu comme...

— Un peu comme Lisa ?

Nathan baissa la tête. Une larme coula sur sa joue.

— Elle était dans le coma, on ne sait pas si elle avait la notion du temps qui passe, mais je refuse de me retrouver prisonnier de mon corps. Le risque est trop grand.

— Demande un autre avis !

— Je te le donne l'autre avis, Michel. Je viens de lire le dossier. Il n'y a pas d'autres solutions.

— Alors demande à un autre chirurgien de s'occuper de toi. Je ne le sens pas, lui.

Nathan éclata de rire.

— Si tu savais combien de personnes ont dit ça de moi... J'ai entendu parler de ce professeur. Il est bon. Très bon, même. Je n'aurai pas mieux.

Michel sembla prendre un poids énorme sur les épaules. Il était perdu. Puis, regardant Nathan, il ajouta :

— Je te connais Nathan, ce n'est pas juste le risque lié à l'opération...

— Tu as raison Michel, j'ai peur aussi qu'il réussisse. Je ne sais pas s'il vaut mieux vivre quelques semaines dans une dimension où les gens chantent et dansent, ou plusieurs années dans une vie où je m'emmerde.

Michel sembla avoir le souffle coupé par la révélation de son ami. Son regard se durcit. Ses mâchoires se contractèrent, laissant apparaître les os sous la peau.

— Je te savais égoïste, Nathan, mais je ne savais pas qu'en plus, tu étais con. Mélanie, viens, on va laisser le docteur Guérin profiter de son existence incroyablement courte !

Nathan regarda, incrédule, son ami prendre ses affaires et partir de la chambre. Mélanie avait assisté impuissante aux échanges entre les deux hommes et semblait incapable de prendre une décision. Nathan la prit pour elle.

— Va le calmer. Dis-lui que ça n'a rien à voir avec lui. J'ai de toute façon besoin de me reposer. Et de réfléchir.

Mélanie rassembla ses affaires et quitta la chambre pour rejoindre Michel. Nathan se retrouva seul. Il pouvait enfin laisser les larmes couler. Pas pour les risques de tout perdre, mais pour la trahison que lui avait infligée son corps. Son cerveau, sur lequel il avait compté toute sa vie, dont il s'était enorgueilli même, s'était joué de lui. De la pire des façons. En lui faisant croire à une vie pleine de sens, de surprises, pleine d'elle... Une vie où il ne serait pas passé à côté de la femme qu'il aime. Il repensa avec émotion à celle que son cerveau avait inventé, double imaginaire de cette amie qu'il avait tant aimée et qu'il n'avait jamais quittée. À cette vie de réalité augmentée qu'il avait créée, aux chansons qui l'avaient accompagné. Il savait que l'opération comportait des risques, mais il avait confiance dans le médecin. Il n'avait pas envie de mourir, mais de là à retourner à sa vie d'ennui… Une vie sans Lisa, en plus. Une vie dans laquelle Elisabeth n'existait pas. Il n'avait pas pu lui dire au revoir, à elle non plus. Même dans ce monde imaginaire. Décidément, il n'était pas fort pour les adieux. Il prit son mobile pour écrire à son ami.

— Je suis désolé pour ce que je t'ai dit. Je te dirais bien que c'est la maladie qui a parlé, mais tu me connais suffisamment pour savoir que ça serait mentir. Ce que je voulais te faire comprendre, c'est que la vie que j'avais avant était pleine, mais avant tout pleine d'ennui. Et je ne sais pas si j'ai envie d'y retourner. La possibilité que les symptômes restent après l'opération sont minces. Trop minces.

Il cliqua sur le bouton « envoyer » et vit que son ami avait lu son message. Presque aussitôt, son écran lui indiqua qu'une réponse était en cours de rédaction, puis qu'un message vocal était en cours d'enregistrement, avant d'être apparemment effacé car avec fracas, Michel venait d'entrer dans la pièce.

— Comment veux-tu que je réponde à ce message, Nathan, alors que tu joues littéralement ta vie sur cette décision ? Ta vie, c'est toi qui la mènes comme tu veux ! Ce n'est pas une expression ! Tu crois que ça à été facile pour moi, un jour, d'arriver au bureau et de dire à tout le monde « Je me casse » ? D'ailleurs, tu penses que c'est toujours facile aujourd'hui d'assumer cette décision ? Tu crois que tu es le seul à vivre des moments difficiles ? Atterris, mon gars, la vie est dure pour tout le monde. Tu

t'emmerdes ?
Change ! Tu as envie de tomber amoureux ? AIME ! MAIS AIME VRAIMENT !

Michel parlait avec passion. Nathan lui fit signe de ne pas crier.

— Je me fous d'être dans un hôpital. Si j'ai envie de crier, je gueule. C'est aussi ça, vivre ! C'est parfois déranger, c'est parfois ne pas faire ce qu'on attend de toi, et c'est surtout prendre des risques, Nathan ! Eh oui, parfois quand on prend des risques, on perd, comme quand tu t'es fait gauler avec ton vinyle, mais parfois, ça passe et ça te rappelle à quel point il est bon de vivre. Pas d'être vivant Nathan, DE VIVRE !

Nathan regarda son ami, hocha la tête, puis dit doucement :

— Justement Michel, j'ai envie de prendre le risque de vivre. Mais de vivre vraiment. Même si ça veut dire pas longtemps. Tu peux comprendre ça ? Je ne dis pas que je refuse de me faire opérer. Je dis juste que je n'ai pas encore décidé. J'ai passé toute ma vie à faire ce qu'on attendait de moi. Ce qui était raisonnable. Si cette décision doit être ma dernière, tu peux comprendre que je veuille qu'elle soit la mienne et seulement la mienne ?

— Il a raison, Michel.

Mélanie, qui était entrée sans bruit, avait pris la parole. Michel la regarda, d'abord énervé, puis tenta de se justifier.

— On s'en fout de qui a raison ou tort, Mélanie. Là, il risque sa vie.

— Oui, Michel. Sa vie.

Nathan ne la laissa pas continuer.

— Michel, et si tu me faisais confiance ?

— J'ai le choix ?

— Oui, celui de m'accompagner ou pas. Je suis libre de partir ou les plaintes font que je suis bloqué ici ?

— Rien n'a encore été instruit. Donc concrètement, pour l'instant, tu es libre. J'ai une amie avocate qui est en contact avec les...

— Michel, je me contrefous des détails, on aura tout le temps d'en parler plus tard. Au vu du regard que vient de te lancer Mélanie, j'imagine que ton amie avocate est jolie et qu'elle aura très à cœur de te faire plaisir.

Michel ne tenta même pas de contredire Nathan. Il haussa simplement des épaules avec un air d'enfant pris en flagrant délit. Voyant son ami se lever et retirer les fils qui le reliaient aux différentes machines, il lui lança :

— On va où tu veux. Mais on y va avec la Mustang et c'est moi qui conduis.

# CHAPITRE 33

Commencer un journal intime à mon âge, c'est pathétique. Surtout qu'il risque de ne pas y avoir beaucoup de pages. D'ailleurs, qui serait intéressé par ce que j'ai à dire, par ma vie ? Mais en sortant de l'hôpital tout à l'heure, j'ai eu envie, non pardon, besoin de m'arrêter à la boutique située en bas pour acheter un petit cahier Clairefontaine à grands carreaux et un stylo Bic. Le genre de cahier que j'avais en primaire. Le choix des coloris n'était pas énorme, mais mon regard s'est tout de suite porté sur la couverture bleu électrique. J'avais oublié le bonheur simple de sentir le stylo courir sur le papier. Pourquoi écrire un journal intime ? Je me suis souvent posé la question en lisant celui de Lisa. Je ne saurais pas dire ce qui l'a poussée, elle, mais je ressens le besoin de le faire car je ne peux plus me fier à ce que je vois. À ce que je vis. Alors à défaut, peut-être que l'écrire me permettra de faire le tri. J'ai souvent vu des personnes en état de délire. Je les observais avec professionnalisme, et un peu de mépris, il faut le reconnaître. Qui aurait pu croire que je vivrais ce genre de problème ? Qui aurait pu croire que je n'aurais pas été capable de déceler les signes, les symptômes, comme on dit dans mon métier ? Celui qui aurait eu l'audace de le supposer aurait eu le droit à un sourire suffisant. D'ailleurs, pour être honnête, j'ai souvent été suffisant, arrogant face aux autres. Un ami comme Michel dirait qu'il s'agit de protection. C'est un bon ami, Michel. De ceux que je souhaite à tout le monde. Capable de vous aider à enterrer un corps. En l'occurrence, il a accepté de prendre la route en direction de Rouen sans poser de question. Comment lui expliquer que j'avais besoin d'aller vérifier par moi-même que Kaidar était bien commissaire là-bas ? Que je l'avais bien rencontrée ? Qu'au moins cette partie-là était bien réelle ?

# CHAPITRE 34

Michel était concentré sur la route. Mélanie, assise à l'arrière, dormait et Nathan écrivait de manière effrénée sur son cahier. Seul le bruit du moteur envahissait l'habitacle. Nathan avait refusé d'allumer la radio. Une sorte de superstition idiote. Il souhaitait éviter toute musique durant ce voyage qu'il voulait initiatique, et duquel dépendait littéralement la suite de son existence. Sortis de l'hôpital comme des voleurs, sans signer de décharge, les trois compères avaient garanti à l'infirmière de revenir avant le lever du soleil. Le risque était minime. Le grand professeur était déjà venu, pas de risque donc qu'il se repointe de sitôt. Nathan avait promis, il était un homme de parole, et Michel avait bien l'intention de lui faire respecter celle-ci. Michel et Mélanie n'avaient pas la moindre idée de la destination de ce voyage, mais ce qu'ils avaient lu dans le regard de Nathan leur avait suffi. Un mélange d'appréhension et de détermination. Ils connaissaient suffisamment leur ami pour savoir qu'il irait quoi qu'il en coûte à Rouen, alors autant l'accompagner et utiliser ces heures à venir pour le convaincre de... De quoi, d'ailleurs ? L'expression convenue était « se battre ». Contre quoi ? Contre qui ? Pourquoi la vie devrait-elle être une bataille ? Alors que Michel se faisait cette réflexion, Nathan ferma son cahier et se tourna vers son ami.

— Donne-moi ton téléphone pour que je puisse mettre l'adresse dans le GPS.

— Donc tu as décidé de ne pas me dire où nous allons. Tu n'oublieras pas de me mettre une bonne note sur Uber ? Ah non, même avec Uber, tu es censé donner l'adresse de destination au chauffeur.

— Dans d'autres circonstances, ça aurait pu me faire rire. J'ai besoin de vérifier quelque chose, Michel. Et c'est important pour moi.

— Tu as toujours su trouver les mots justes, Nathan. Et je répugne à le dire.

— Venant de toi, ça me touche infiniment.

Nathan écrivit l'adresse du commissariat dans le GPS et reposa le téléphone sur le socle. Il avait envie de parler à son ami, de partager ses sentiments avec lui, mais il ne savait pas par où commencer. Le silence fut brisé par Mélanie.

— Vous savez que la pudeur, c'est joli au cinéma, mais que dans la vraie vie, c'est chiant ?

— Tu as parfaitement raison, Mélanie, c'est chiant la pudeur. On peut passer à côté de sa vie, parfois, en n'osant pas dire merci ou je t'aime. On se dit que c'est évident. Et puis un jour, on se demande si on a vraiment déjà aimé, déclara Nathan.

Puis, se tournant vers Mélanie, les yeux pleins de larmes, il ajouta :

— Toute ma vie, je me suis demandé si elle se serait suicidée si je lui avais dit que je l'aimais.

Mélanie tenta de répondre, mais Nathan ne lui en laissa pas l'occasion.

— Ne me dis pas qu'on ne peut pas savoir. Ni même qu'elle le savait. Ni même que ça n'aurait rien changé... En fait, ne dis rien...

Mélanie posa simplement sa main sur le bras de Nathan. Elle sentit les tremblements, d'abord légers, puis plus forts des pleurs de Nathan. Désemparée, elle jeta un œil vers Michel qui avait enclenché le clignotant.

— Bon, si vous avez décidé de faire un road trip à tendance pathétique, ça va être sans moi. Je ne suis pas le bon client. Alors on va s'arrêter un peu, respirer, boire le truc qu'ils osent appeler café, se dire qu'on s'aime et repartir. Peu importe où.

Nathan regarda Mélanie avec un grand sourire, puis répliqua :

— Tu vois Mélanie, finalement, la pudeur, ça peut être sacrément joli.

# CHAPITRE 35

« Nous nous sommes arrêtés dans une station-service d'autoroute. Je profite du fait que Michel et Mélanie font la queue pour prendre notre commande pour reprendre l'écriture de mon journal intime. J'ai l'impression d'avoir quinze ans de nouveau. D'ailleurs, je ne suis pas le seul à avoir cette impression, la femme qui est assise à la table à ma gauche semble intriguée. Je sens qu'elle aimerait beaucoup savoir ce que j'écris. Les haut-parleurs diffusent un vieux succès que personne n'écoute vraiment, mis à part un routier qui mange un plat pas très appétissant tout en fredonnant. J'observe tout ce qui m'entoure, les gens, sans vraiment savoir ce qui est vrai ou fantasmé. Comment savoir d'ailleurs ? Pourquoi devrais-je douter de la réalité du couple en face de moi qui se dit des mots tendres, de ce vieil homme qui marche lentement pour rejoindre ses petits-enfants qui l'attendent impatiemment à côté d'une machine qui distribue des bonbons, ou même de cette discussion que j'ai eue avec la flic. D'une manière ou d'une autre, j'ai entendu ce que j'avais besoin d'entendre.

Il me revient les paroles d'une chanson de Richard Cocciante sur les faux semblants, sur le fait de se cacher derrière un masque, de foutre sa vie en l'air tout en se donnant des airs d'homme heureux. J'en connais un rayon sur ce sujet. Elisabeth me manque. Qu'elle ait été réelle ou non. Sa spontanéité me manque. Ou plutôt, celle qu'elle m'inspirait. Il semblerait qu'elle m'ait donné le courage de faire ce que je voulais vraiment. Non plus ce qu'on attendait de moi. Partir, rêver, danser. Elle ne reviendra plus. Lisa non plus. Il a fallu que je tombe malade pour me permettre de vivre. Il a fallu que je la perde pour que je me permette d'aimer Lisa. Était-ce ça, le secret ?

Savoir que tout peut s'arrêter, qu'on peut tout perdre et donc, profiter de chaque instant comme s'il était le dernier ?
Et si c'était ça, la dernière leçon de Lisa ?

# CHAPITRE 36

Tout commença par un bip. Strident, désagréable, et annonciateur de mauvaises nouvelles.

Synonyme d'une mécanique bien huilée, faite de blouses blanches qui s'activent, d'ordres qui se suivent, et même de cris pour motiver les troupes.

Tout commença dans une salle de réveil et une lumière blanche, froide. Un homme, la tête bandée, fournissant un effort pour ouvrir les yeux, bougeant à peine un doigt. L'éblouissement d'abord, des formes qui bougent, et puis, peu à peu, distinguer, reconnaître, entendre. Une musique au loin, destinée à faciliter le réveil... Puis le visage souriant d'une infirmière. Et sur sa blouse, inscrit à la main, comme une promesse...

Elisabeth...

**FIN**

Printed in France by Amazon
Brétigny-sur-Orge, FR

21110250R00140